爱阅读课程化丛书/快乐读书吧

爱阅读

艾青诗选集

艾　青／著

立　人／主编

无障碍精读版

课外阅读佳作，爱阅读课程化丛书

分级阅读点拨·重点精批详注·名师全程助读·扫清阅读障碍

天地出版社 | TIANDI PRESS

图书在版编目（CIP）数据

艾青诗选集 / 艾青著；立人主编 . —成都：天地出
版社，2023.11
（爱阅读）
ISBN 978-7-5455-7955-0

Ⅰ . ①艾… Ⅱ . ①艾… ②立… Ⅲ . ①诗集－中国－
当代 Ⅳ . ① I227

中国国家版本馆 CIP 数据核字（2023）第 182013 号

AIQING SHI XUANJI

艾青诗选集

艾 青 著　　立 人 主编

—— 阅读·成长 ——

出品人	杨　政
项目统筹	田佰根　王　猛　万可彪　赵亚珍
监　　制	刘俊枫　王莉莉
营销策划	田金香　吴　淼
责任编辑	李　倩
绘　　图	王　珊
装帧设计	宋双成
排版制作	书香文雅
责任印制	白　雪

出版发行　天地出版社
　　　　　（成都市锦江区三色路238号　邮政编码：610023）
　　　　　（北京市方庄芳群园3区3号　邮政编码：100078）
网　　址　http://www.tiandiph.com
电子邮箱　tianditg@163.com

印　　刷　三河市祥宏印务有限公司
版　　次　2023 年11月第一版
印　　次　2023 年11月第一次印刷
开　　本　700mm×1000mm 1/16
印　　张　17　　彩插　0.375
字　　数　294 千
定　　价　24.80 元
书　　号　ISBN 978-7-5455-7955-0

画者的行吟

复活的土地

冬天的池沼

一个黑人姑娘在歌唱

下雪的早晨

维也纳的鸽子

| 总序 |

　　北京书香文雅图书文化有限公司的李继勇先生与我联系，说他们策划了一套"爱阅读"丛书，读者对象主要是中小学生，这套书可以作为学生的课外阅读用书，希望我写篇序。作为一名语文教育工作者，为学生推荐优秀课外读物责无旁贷，在最近"双减"政策的大背景下，也更有意义。

一、"双减"以后怎么办？

　　前不久，中共中央办公厅、国务院办公厅印发了《关于进一步减轻义务教育阶段学生作业负担和校外培训负担的意见》，对义务教育阶段学生的作业和校外培训作出严格规定。这是一件好事。曾几何时，我们的中小学生作业负担重，不少孩子不是在各种各样的培训班里，就是在去培训班的路上。孩子们"学"无宁日，备尝艰辛；家长们焦虑不安，苦不堪言。校外培训机构为了增强吸引力，到处挖墙脚；有些老师受利益驱使，不能安心从教，导致社会怨声载道。他们的行为破坏了教育生态，违背了教育规律，严重影响了我国教育改革发展。教育是什么？教育是唤醒，是点燃，是激发。而校外培训的噱头仅仅是提高考试成绩，让孩子在中高考中占得先机。他们的广告词是"提高一分，干掉千人"，他们大肆渲染"分数为王"。在这种压力之下，孩子们面对的是"分萧萧兮题海寒"，他们不得不深陷题海，机械刷题。假如只有一部分孩子上培训班，提高的可能是分数。但是，如果大多数孩子或者所有孩子都去上培训班，那提高的就不是分数，而只是分数线。教育的根本任务是立德树人，是培根铸魂，是启智增慧，是让学生德智体美劳全面发展，是培养社会主义建设者和接班人，是为中华民族伟大复兴提供人才，而不是培养只会考试的"机器"，更不能被资本绑架。所以中央才"出重拳""放实招"，目的就是要减轻学生过重的课业负担，减轻家长过重的经济和精神负担。

"双减"政策出台后，学生们一片欢呼，再也不用在各种培训班之间来回奔波了，但家长产生了新的焦虑：孩子学习成绩怎么办？而对学校老师来说，这是一个新挑战、新任务，当然也是新机遇。学生在校时间增加，要求老师提升教学水平，科学合理布置作业，同时开展课外延伸服务，事实上是老师陪伴学生的时间增加了。这部分在校时间怎么安排？如何让学生利用好课外时间？这一切考验着老师们的智慧，而开展各种课外活动正好可以解决这个难题，比如：热爱人文的，可以参加阅读写作、演讲辩论、学习传统文化和民风民俗等社团活动；喜爱数理的，可以参加科普科幻、实验研究、统计测量、天文观测等兴趣小组；也可以参加体育比赛、艺术（音乐、美术、书法、戏剧）体验和劳动教育等实践活动。当然，所有的活动都应以培养学生的兴趣爱好为目的，以自愿参加为前提。学校开展课后服务，可以多方面拓展资源，比如博物馆、图书馆、科技馆、陈列馆、少年宫、青少年活动中心，甚至校外培训机构的优质服务资源，还可组织征文比赛、志愿服务、社会调查等，助力学生全面发展。

二、课外阅读新机遇

近年来，"新课标""新教材""新高考"成为语文教育改革的热词。前不久，我看到一个视频，说语文在中高考中的地位提高了，难度也加大了。这种说法有一定道理，但并不准确。说它有一定道理，是因为语文能力主要指一个人的阅读和写作能力，而阅读和写作能力又是一个人综合素养的体现。语文能力强，有助于学习别的学科。比如：数学、物理中的应用题，如果阅读能力上不去，读不懂题干，便不能准确把握解题要领，也就没法准确答题；英语中的英译汉、汉译英题更是考查学生的语言表达能力；历史题和政治题往往是给一段材料，让学生去分析、判断，得出结论，并表述自己的观点或看法。从这点来说，语文在中高考中的地位提高有一定道理。说它不准确，有两个方面的理由：一是语文学科本来就重要，不是现在才变得重要，之所以产生这种错觉，是因为在应试教育的背景下，语文的重要性被弱化了；二是语文考试的难度并没有增加，增加的只是阅读思维的宽度和广度，考查的是阅读理解、信息筛选、应用写作、语言表达、批判性思维、辩证思维等关键能力。可以说，真正的素质教育必须重视语文，因为语文是工具，是基础。不少家长和教师认为课外阅读浪费学习时间，这主要是教育观念问题。他们之所以有这种想法，无非是认为考试才是最终目的，希望孩子可以把更多时间用在刷题上。他们只看到课标和教材的变化，以为考试还是过去那一套，其实，考试评价已发生深刻变革。目前，考试评价改革与新课标、新教材改革是同向同行的，都是围绕立德树人做文章。中共中央、国务院印发的《深化新时代教育评价改革总体方案》明确指出："稳步推进中高考改革，构建引导学生德智体美劳全面发展的考试内容体系，改变相对固化的试题形式，增强试题开放性，减少死记硬背和'机械刷题'现象。"显然就是要用中高考"指挥棒"引领素质教育。新高考招生录取强调"两依据，一参考"，即以高考成绩和高中学业水平考试成绩为依据，以综合素质评价为参考。这也就是说，高考成绩不再是高校选拔新生的唯一标准，不只看谁考的分数高，还要看谁更有发展潜力、更有创造性、综合素质更高，从而实现由"招分"向"招人"的转变。而这绝不是仅凭一张高考试卷能够区分出来的，"机械刷题"无助于全面发展，必须在课内学习的基础上，辅之以内容广泛的课外阅读，才能全面提高综合素养。

三、"爱阅读"助力成长

这套"爱阅读"丛书是为中小学生量身打造的，符合《义务教育语文课程标准》倡导的"好读书、读好书、读整本的书"的课改理念，可以作为学生课内学习的有益补充。我一向认为，要学好语文，一要读好三本书，二要写好两篇文，三要养成四个好习惯。三本书指"有字之书""无字之书"和"心灵之书"，两篇文指"规矩文"和"放胆文"，四个好习惯指享受阅读的习惯、善于思考的习惯、乐于表达的习惯和自主学习的习惯。古人说"读万卷书，行万里路"，实际上就是要处理好读书与实践的关系。对于中小学生来说，读书首先是读好"有字之书"。

"有字之书"，有课本，有课外自读课本，还有"爱阅读"这样的课外读物。读书时我们不能眉毛胡子一把抓，要区分不同的书，采取不同的读法。一般说来，有精读，有略读。精读需要字斟句酌，需要咬文嚼字，但费时费力。当然也不是所有的书都需要精读，可以根据自己的需要决定精读还是略读。新课标提倡中小学生进行整本书阅读，但是学生往往不能耐着性子读完一整本书。新课标提倡的整本书阅读，主要是针对过去的单篇教学来说的，并不是说每本书都要从头读到尾。教材设计的练习项目也是有弹性的、可选择的，不可能有统一的"阅读计划"。我的建议是，整本书阅读应把精读、略读与浏览结合起来。精读重在示范，略读重在博览，浏览略观大意即可，三者相辅相成，不宜偏于一隅。不仅如此，学生还可以把阅读与写作、读书与实践、课内与课外结合起来。整本书阅读重在掌握阅读方法，拓展阅读视野，培养读书兴趣，养成阅读习惯。

再说写好两篇文。学生读得多了，素养提高了，自然有话想说，有自己的观点和看法要发表。发表的形式可以是口头的，也可以是书面的，书面表达就是写作。写好两篇文，一篇"规矩文"，一篇"放胆文"。"规矩文"重打基础，"放胆文"更见才气。"规矩文"要求练好写作基本功，包括审题、立意、选材、构思等，同时还要掌握记叙文、议论文、说明文、应用文的基本要领和写作规范。"规矩文"的写作要在教师的指导下进行。"放胆文"则鼓励学生放飞自我、大胆想象，各呈创意、各展所长，尤其是展现自己的应用写作能力、语言表达能力、批判性思维能力和辩证思维能力。"放胆文"的写作可以多种多样，除了大作文，也可以写小作文。有兴趣的还可以进行文学创作，写诗歌、小说、散文、剧本等。

学习语文还要养成四个好习惯。第一，享受阅读的习惯。爱阅读非常重要。每个同学都应该有自己的个性化书单，有的同学喜欢网络小说也没有关系，但需要防止沉迷其中，钻进"死胡同"。这套"爱阅读"丛书，就给中小学生课外阅读提供了大量古今中外的名家名作。第二，善于思考的习惯。在这个大众创业、万众创新的时代，创新人才的标准，已不再是把已有的知识烂熟于心，而是能够独立思考，敢于质疑，能够自己去发现问题、提出问题和解决问题，需要具有探究质疑能力、独立思考能力、批判性思维和辩证思维能力。第三，乐于表达的习惯。表达的乐趣在于说或写的过程，这个过程比说得好、写得完美更重要。写作形式可以不拘一格，比如作文、日记、笔记、随笔、漫画等。第四，自主学习的习惯。我的地盘我做主，我的语文我做主。不是为老师学，也不是为父母长辈学，而是为自己的精神成长学，为自己的未来学。

愿广大中小学生能借助这套"爱阅读"丛书，真正爱上阅读，插上想象的翅膀，飞向未来的广阔天地！

2021 年 10 月 15 日
写于京东大运河畔之两不厌居

阅读领航

阅读准备

·作家生平·

艾青（1910—1996），中国现代诗人、文学家，原名蒋正涵，号海澄，曾用笔名莪加、克阿、林璧等，浙江金华人。艾青被称为"一生追求光明的作家"，他的诗风格朴素雄浑，努力反映民族与人民的苦难和斗争，反映现实的生活和斗争，表现对光明的向往和讴歌。著有诗集《大堰河》《北方》《向太阳》《归来的歌》论文集《诗论》，长篇小说《绿洲笔记》等。在中国新诗发展史上，艾青是继郭沫若、闻一多等人之后又一位推动一代诗风、产生重要影响的诗人，在世界上享有盛誉。

·创作背景·

20世纪初的中国，外部受帝国主义压迫，内部广大劳动人民生活于水深火热之中。艾青深深感受到人民的苦难。九一八事变后，艾青投身于抗战之中。他始终把国和人民放在心上，因此他的诗具有时代精神，倾诉着民族的苦难，歌颂了祖国的战斗，他被称为"一生追求光明的作家"。

1

·作品速览·

这本书一共收集了艾青的53首诗，这些诗中有艾青早期的作品，如《大堰河——我的保姆》，写了"我"的保姆——大堰河对自己的爱；抗战时期的作品《北方》《向太阳》《火把》《旷野》黎明的通知》，倾诉了对祖国和人民的情感。1948年以后发表的《光的赞歌》《鱼化石》《古罗马的大斗技场》等，写出了自己对和平的向往；《蜾谷鸟集》则写出了解放区农民分到土地后的喜悦，突出了土地对农民的重要。

·文学特色·

艾青是五四运动以来新诗史上一位非常有名的诗人。他的诗具有较强的时代精神，常以饱饮忧郁的笔调表现深刻的思想内容，合着时代的节拍，反映着真实的历史，不管是丰富的意象，还是形象化的语言等方面，艾青早期的诗歌就在当时诗坛上都是独具一帜的，充分体现了他独特的艺术特色。艾青的诗歌意象外延丰富多彩，这赋其内涵的深刻相一致。比如写太阳、春天、黎明、夜晚、写同样某一种具体感的意象，艾青却能够赋予它深刻的思想内容。这就造成了其诗歌在艺术与思想内容方面有机的统一。

2

"作家生平"，走近作家，一睹作家风采；"创作背景"，了解作品创作的时代背景；"作品速览"，把握故事全貌、主题意蕴；"文学特色"，发掘作品深刻的文学价值，以增进理解，提高阅读效率。

阅读准备

阅读总结

名家心得

我们都知道一个时代自有一个时代的诗歌。作为现实主义大师的艾青，拥有"太阳与火把的歌手"的美誉。

他的诗歌艺术体现在立于现实并且高于社会，起于现实但终于理智，他的诗作大多都印着探寻的时代烙印。艾青的成名作《大堰河——我的保姆》，全诗多处运用意象，表现某些事物、景色，给人以丰富的交融的感觉。《向太阳》《火把》《春》也都运用了意象。采用丰富多彩的意象，表现丰富深刻的思想内容，抒发原民炽郁的情感，使抒情形象更加丰满生动，这是艾青早期诗歌的艺术特色。

艾青的诗是古体诗的内涵与现代诗的外表最完美的结合，它通常要表现"大我"的抒达、"小我"的卑微刻画描摹淋漓尽致，他的诗往往摇摆着一种"宣色的忧郁"。这本书收集了艾青众多不同时期的作品，希望我们去读每一首诗，你会有不同的体会与感触。

读者感悟

读了这本书，我深深地喜爱上了艾青，喜爱上了他的诗。

我爱艾青的诗，是因为艾青博大的胸怀，艾青的诗凝聚并形成了一种接近伟大

255

真题演练

1. 艾青是＿＿＿省人。
2. 艾青的成名作是《＿＿＿》。
3. 艾青被称为"＿＿＿＿"。
4. 艾青的诗歌特色是（　　）
   A. 时代　　　B. 豪迈　　　C. 唯美
5. 读了这本书，你有哪些收获？
   ＿＿＿＿＿＿＿＿＿＿＿＿＿＿＿＿＿
   ＿＿＿＿＿＿＿＿＿＿＿＿＿＿＿＿＿

答案

1. 浙江
2. 大堰河——我的保姆
3. 一生追求光明的作家
4. A
5. 读了这本书，我了解了艾青的诗的艺术特色，我从内心敬佩艾青，他是一个忧心民族、人民，在困苦面前行吟生命激情，追求光明的"启明星"。

257

"名家心得"，听听名家怎么说；"读者感悟"，看看别人怎么想；"阅读拓展"，帮你丰富文学知识，增强艺术感受力；"真题演练"，考查阅读本书后的效果，是对阅读成果的巩固和总结。习题具有一定的延伸性和扩展性，对于没有回答上来的问题，读者可以借此发现阅读上的不足，心中带着疑问，为下一次的精读做好准备。

阅读总结

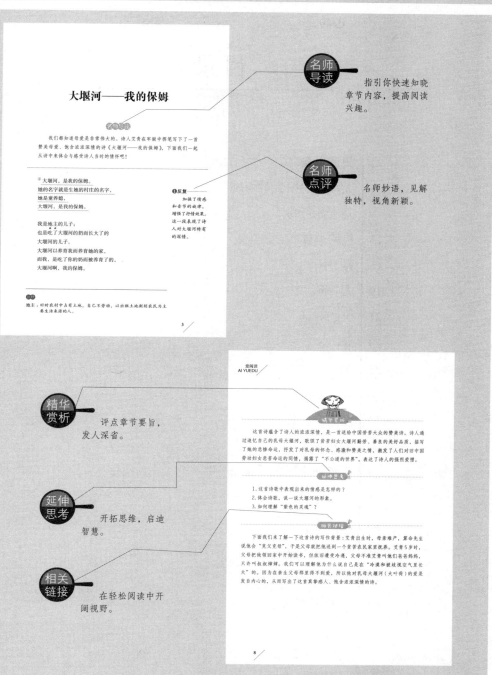

名师导读
指引你快速知晓章节内容，提高阅读兴趣。

名师点评
名师妙语，见解独特，视角新颖。

精华赏析
评点章节要旨，发人深省。

延伸思考
开拓思维，启迪智慧。

相关链接
在轻松阅读中开阔视野。

Contents

·作家生平·

  艾青（1910—1996），中国现代诗人、文学家，原名蒋正涵，号海澄，曾用笔名莪加、克阿、林壁等，浙江金华人。艾青被称为"一生追求光明的作家"，他的诗风格朴素雄浑，努力反映民族与人民的苦难和命运，反映现实的生活和斗争，表现对光明的向往和讴歌。著有诗集《大堰河》《北方》《向太阳》《归来的歌》，论文集《诗论》，长篇小说《绿洲笔记》等。在中国新诗发展史上，艾青是继郭沫若、闻一多等人之后又一位推动一代诗风、产生重要影响的诗人，在世界上也享有盛誉。

·创作背景·

  20 世纪初的中国，外部受帝国主义压迫，内部广大劳动人民生活于水深火热之中，艾青深深感受到人民的苦难。九一八事变后，艾青投身于抗战之中。他始终把祖国和人民放在心上，因此他的诗具有时代精神，倾诉着民族的苦难，歌颂了祖国的战斗，他被称为"一生追求光明的作家"。

·作品速览·

这本书一共收集了艾青的53首诗。这些诗中有艾青早期的作品，如《大堰河——我的保姆》，写了"我"的保姆——大堰河对自己的爱；抗战时期的作品《北方》《向太阳》《火把》《旷野》《黎明的通知》，倾诉了对祖国和人民的情感。1948年以后发表的《光的赞歌》《慕尼黑》《古罗马的大斗技场》等，写出了自己对和平的向往；《播谷鸟集》则写出了解放区农民分到土地后的喜悦，突出了土地对农民的重要。

·文学特色·

艾青是五四运动以来新诗史上一位非常有名的诗人。他的诗具有较强的时代精神，常以深沉忧郁的笔调表现深刻的思想内容，合着时代的节拍，反映着真实的历史。不管是丰富的意象、巧妙的抒情，或是形象化的语言等方面，艾青早期的诗歌在当时诗坛上都是别具一格的，充分体现了他独特的艺术特色。艾青的诗歌意象外延丰富多彩，这跟其内涵的深刻相一致。比如写太阳、春天、黎明、夜晚，写同样某一种具体可感的事物，艾青却能够赋予它深刻的思想内容，这就造成了其诗歌在艺术与思想内容方面有机的统一。

大堰河——我的保姆

名师导读

　　我们都知道母爱是非常伟大的。诗人艾青在牢狱中挥笔写下了一首赞美母爱、饱含浓浓深情的诗《大堰河——我的保姆》，下面我们一起从诗中来体会与感受诗人当时的情怀吧！

① 大堰河，是我的保姆。
她的名字就是生她的村庄的名字，
她是童养媳，
大堰河，是我的保姆。

我是地主的儿子；
也是吃了大堰河的奶而长大了的
大堰河的儿子。
大堰河以养育我而养育她的家，
而我，是吃了你的奶而被养育了的，
大堰河啊，我的保姆。

❶反复

　　加强了情感和音节的旋律，增强了抒情效果。这一段表现了诗人对大堰河特有的深情。

注释

地主：旧时农村中占有土地，自己不劳动，以出租土地剥削农民为主要生活来源的人。

3

❶反复······················

进一步渲染了自己对大堰河的思念之情。

❷排比······················

描写了大堰河的贫穷以及承担了繁重的家务劳动，突出了大堰河对乳儿的关心照料，充分体现了大堰河十分勤劳以及对乳儿无私的爱。

❸疑问······················

突出了大堰河对乳儿的不舍。

① 大堰河，今天我看到雪使我想起了你：
你的被雪压着的草盖的坟墓，
你的关闭了的故居檐头的枯死的瓦菲，
你的被典押了的一丈平方的园地，
你的门前的长了青苔的石椅，
大堰河，今天我看到雪使我想起了你。

你用你厚大的手掌把我抱在怀里，抚摸我；
② 在你搭好了灶火之后，
在你拍去了围裙上的炭灰之后，
在你尝到饭已煮熟了之后，
在你把乌黑的酱碗放到乌黑的桌子上之后，
在你补好了儿子们的为山腰的荆棘
　　扯破的衣服之后，
在你把小儿被柴刀砍伤了的手包好之后，
在你把夫儿们的衬衣上的虱子
　　一颗颗的掐死之后，
在你拿起了今天的第一颗鸡蛋之后，
你用你厚大的手掌把我抱在怀里，抚摸我。

我是地主的儿子，
在我吃光了你大堰河的奶之后，
我被生我的父母领回到自己的家里。
③ 啊，大堰河，你为什么要哭？

我做了生我的父母家里的新客了！
我摸着红漆雕花的家具，
我摸着父母的睡床上金色的花纹，
我呆呆地看着檐头的我不认得的

"天伦叙乐"的匾，
我摸着新换上的衣服的丝的和贝壳的纽扣，
我看着母亲怀里的不熟识的妹妹，
我坐着油漆过的安了火钵的炕凳，
我吃着碾了三番的白米的饭，
但，我是这般忸怩不安！因为我
我做了生我的父母家里的新客了。

大堰河，为了生活，
在她流尽了她的乳液之后，
她就开始用抱过我的两臂劳动了；
① 她含着笑，洗着我们的衣服，
她含着笑，提着菜篮到村边的结冰的池塘去，
她含着笑，切着冰屑窸索的萝卜，
她含着笑，用手掏着猪吃的麦糟，
她含着笑，扇着炖肉的炉子的火，
她含着笑，背了团箕到广场上去
　　晒好那些大豆和小麦，
大堰河，为了生活，
在她流尽了她的乳液之后，
她就用抱过我的两臂，劳动了。

大堰河，深爱着她的乳儿；
② 在年节里，为了他，忙着切那冬米的糖，
为了他，常悄悄地走到村边的她的家里去，
为了他，走到她的身边叫一声"妈"，
大堰河，把他画的大红大绿的关云长
　　贴在灶边的墙上，
大堰河，会对她的邻居夸口赞美她的乳儿；

❶排比
　　诗人连续用
6个"她含着笑"，
突出大堰河的勤
劳、淳朴、宽厚、
善良、本分，突
出了她对生活的
要求十分低，同
时表现了诗人对
她悲苦命运的同
情。

❷排比
　　描写了大堰
河对乳儿的真挚
的爱，感情充沛。

大堰河曾做了一个不能对人说的梦：
在梦里，她吃着她的乳儿的婚酒，
坐在辉煌的结彩的堂上，
而她的娇美的媳妇亲切的叫她"婆婆"
……
大堰河，深爱她的乳儿！

大堰河，在她的梦没有做醒的时候已死了。
① 她死时，乳儿不在她的旁侧，
她死时，平时打骂她的丈夫也为她流泪，
五个儿子，个个哭得很悲，
她死时，轻轻地呼着她的乳儿的名字，
大堰河，已死了，
她死时，乳儿不在她的旁侧。

❶反复、排比……
　　表现了诗人的自责与愧疚。

大堰河，含泪的去了！
② 同着四十几年的人世生活的凌侮，
同着数不尽的奴隶的凄苦，
同着四块钱的棺材和几束稻草，
同着几尺长方的埋棺材的土地，
同着一手把的纸钱的灰，
大堰河，她含泪的去了。

❷对比……………
　　抒发了诗人对这不公平的世界的强烈愤慨和控诉。

这是大堰河所不知道的：
她的醉酒的丈夫已死去，
大儿做了土匪，
第二个死在炮火的烟里，
第三，第四，第五
在师傅和地主的叱骂声里过着日子。

而我，我是在写着给予这不公道的世界的咒语。

当我经了长长的飘泊回到故土时，

在山腰里，田野上，

兄弟们碰见时，是比六七年前更要亲密！

这，这是为你，静静的睡着的大堰河

所不知道的啊！

大堰河，今天，你的乳儿是在狱里，

写着一首呈给你的赞美诗，

① 呈给你黄土下紫色的灵魂，

呈给你拥抱过我的直伸着的手，

呈给你吻过我的唇，

呈给你泥黑的温柔的脸颜，

呈给你养育了我的乳房，

呈给你的儿子们，我的兄弟们，

呈给大地上一切的，

我的大堰河般的保姆和她们的儿子，

呈给爱我如爱她自己的儿子般的大堰河。

❶排比 ················

　　写出了诗人对大堰河的讴歌与赞美，感情真挚感人，使诗的主题思想有了更深广的社会意义。

大堰河，

我是吃了你的奶而长大了的

你的儿子，

我敬你

爱你！

　　　　　　　　　　　　一九三三年一月十四日　雪朝

精华赏析

　　这首诗蕴含了诗人的浓浓深情，是一首送给中国劳苦大众的赞美诗。诗人通过追忆自己的乳母大堰河，歌颂了贫苦妇女大堰河勤劳、善良的美好品质，描写了她的悲惨命运，抒发了对乳母的怀念、感激和赞美之情，激发了人们对旧中国劳动妇女悲苦命运的同情，揭露了"不公道的世界"，表达了诗人的强烈爱憎。

 延伸思考

　　1.这首诗歌中表现出来的情感是怎样的？

　　2.体会诗歌，说一说大堰河的形象。

　　3.如何理解"紫色的灵魂"？

相关链接

　　下面我们来了解一下这首诗的写作背景：艾青出生时，母亲难产，算命先生说他会"克父克母"，于是父母就把他送到一个贫苦农民家里抚养。艾青5岁时，父母把他领回家中开始读书，但依旧遭受冷遇，父母不准艾青叫他们爸爸妈妈，只许叫叔叔婶婶。我们可以理解他为什么说自己是在"冷漠和被歧视空气里长大"的。因为在亲生父母那里得不到爱，所以他对乳母大堰河（大叶荷）的爱是发自内心的，从而写出了这首真挚感人、饱含浓浓深情的诗。

画者的行吟

名师导读

　　1929 年，艾青在校长的鼓励下去法国勤工俭学，他一边学习绘画，一边接触欧洲现代派诗歌，由此写下了这首《画者的行吟》。

沿着塞纳河

① 我想起：

昨夜锣鼓咚咚的梦里

生我的村庄的广场上，

跨过江南和江北的游艺者手里的

那方凄艳的红布……

——只有西班牙的斗牛场里

有和这一样的红布啊！

爱弗勒铁塔

伸长起

我惆怅着远方童年的记忆……

由铅灰的天上

我俯视着闪光的水的平面，

那里

画着广告的小艇

一只只的驰过……

❶想象

　　诗人从现实场景联想到过去，回忆起童年往事，表现了诗人对过去时光的怀念。

✎读书笔记

9

❶直抒胸臆

诗人感叹自己的现状，已成为一个异国他乡的流浪汉，并直抒胸臆道出了自己心中的所愿。

❷直抒胸臆

展现了诗人现在的心情状况，突出了此时的艾青因思想迷茫而忧郁。

🖊 读书笔记

汽笛的呼嚷一阵阵的带去了
我这浪客的回想
从蒙马特到蒙巴那司，
我终日无目的的走着……
① 如今啊
我也是个 Bohemien 了！
——但愿在色彩的领域里
不要有家邦和种族的嗤笑。
在这城市的街头
我 ② 痴恋迷失的过着日子，看哪
Chagall 的画幅里
那病于爱情的母牛，
在天际
无力的睁着怀念的两眼，
露西亚田野上的新妇
坐在它的肚下，
挤着香冽的牛乳……
噫！
这片土地
于我是何等舒适！
听呵
从 Cendrars 的歌唱，
像 T. S. F. 的传播
震响着新大陆的高层建筑般
簇新的 Cosmopolite 的声音 ……

注释

蒙马特：巴黎一座山丘的名字，高 100 多米。
Bohemien：法文，波希米亚人，即流浪汉。
Chagall：夏加尔，俄国画家。
Cendrars：法文，无线电报。
Cosmopolite：英文，国际性的。

我——

这世上的生客，

在他自己短促的时间里

① 怎能不翻起他新奇的欣喜

和新奇的忧郁呢？

② 生活着

像那方悲哀的红布，

飘动在

人可无懊丧的死去的

　　蓝色的边界里，

永远带着骚音

我过着彩色而明朗的时日；

在最古旧的世界上

唱一支锵锵的歌，

这歌里

以溅血的震颤祈祷着：

愿这片暗绿的大地

将是一切流浪者们的王国。

❶反问

　　表现了诗人对生活的感叹，生活就是这样不断给人新奇的欣喜与新奇的忧郁。

❷比喻

　　表现出诗人心中充满悲观、感伤的情绪。

精华赏析

　　这首诗是艾青到法国勤工俭学时，身处异国他乡，边学习绘画边接触欧洲现代派诗歌写下的一首早期作品。这首诗气势雄浑，情调忧郁而感伤，是诗人一颗真诚的跳动的心的记录。诗中感情毫无遮蔽，想象毫无顾忌，语言自由而流畅，写出了诗人的心声。

延伸思考

1. 这首诗的题目为"画者的行吟"，你怎样理解？
2. 这首诗的写作特点是怎样的？
3. 这首诗表达了作者怎样的思想感情？

相关链接

　　艾青纪念馆坐落于浙江金华婺江之畔，建筑面积大约为2700平方米，里面设置5个展厅、一个多功能报告厅、一个书画作品展览厅和一个珍藏品陈列室。在这5个展厅中，前4个展厅是艾青的生平介绍，共由7个部分组成。第5展厅是综合评价厅，在综合评价厅里精选了不同时期名人名家对艾青的评价，共100余条，非常客观地反映了艾青不平凡的一生。

我的季候

名师导读

　　没有哪位诗人不爱雨。诗人艾青走在法国街头，静静陶醉在雨所带给他的感触之中。下面我们一起去诗中感受吧！

今天已不能坐在
公园的长椅上，看鸽群
环步于石像的周围了。
① 唯有雨滴
做了这里的散步者；
偶尔听见从静寂里喧起的
它的步伐之单调而悠长的声响，
真有不可却的抑郁
袭进你少年的心头啊。
沿着无尽长的人行道，
街树枝头零落的点滴
飘散在你裸露的颈上；
伸手去触围着公园的
　　铁的栏栅，像执着
倦于憎爱的妇女之腻指，
使你感到有太快慰了的

❶融情于景

　　诗人运用比拟手法，描写雨滴悄然而来。诗人融情于景，"单调"的雨滴声展现了他此时的心情。

❶意境

　　诗人在自己的季候里，思绪缥缈，沉浸在这种安静的雨景中。

读书笔记

❷融情于景

　　诗人对秋雨诉说着自己的感怀，"全般灰色"突出了诗人忧郁、感伤的情怀。

新凉……

这是我的季候……

① 让我打着断续而扬抑起

直升到空虚里去的

音节之漫长的口哨，

向一切无人走的道上走去……

每当我想起了……初春之

过甚的浮夸，夏的傲慢的

炽烈，并严冬之可叹的

冷酷时，我愿岁岁朝朝

都挽住了这般的

含有无限懊丧的秋色。

乌黑的怨恨，金煌的情爱

它们一样的与我无关；

而对于生命的挂怀，

和什么幸运的热望呀，

已由萧萧初坠的残叶，

告知你以可信的一切了。

② 秋啊！

你全般灰色的雨滴，

请你伴着我——为了我

已厌倦于听取那些

佯作真理的烦琐的话语——

和我守着可贵的契默，

跨过那

由车轮溅起了

污水的广场，往不知

名的地方流浪去吧！

精华赏析

在这首诗中，诗人通过雨来代替行人的角色打开了漫步者的视野。诗人独自走在街头，往日的喧嚣消失不见，而雨润万物给诗人带来一种"新凉"的触感。"让我打着断续而扬抑起／直升到空虚里去的／音节之漫长的口哨"，此时雨从气候的表层意象中跳出，诗人的情感自然而然流露出来。

延伸思考

1.诗人借雨表达了怎样的情感？

2.这首诗的感情基调是怎样的？

3.你怎样理解诗人所说的"生命的挂怀"和"幸运的热望"？

相关链接

秋季气温会逐渐降低，树木的叶子从繁茂的绿逐渐发黄或变红，开始落下，浓绿的草开始枯萎，不少地区也会出现阴冷多雨的天气状况。历来诗人都对秋有所钟爱，通过诗感叹秋天之美，比如："欲说还休，却道天凉好个秋。"（辛弃疾《丑奴儿•书博山道中壁》）"自古逢秋悲寂寥，我言秋日胜春朝。"（刘禹锡《秋词》）秋雨更为秋天增加了几许清寂的色彩，如"高楼目尽欲黄昏，梧桐叶上萧萧雨"等。

春 雨

名师导读

　　春天是一个令人振奋的季节。艾青掩饰不住自己内心的渴望，希望春雨不要阻碍自己去郊外探寻春天的美丽。下面一起欣赏这首《春雨》吧！

我愿天不下雨——
让我走出这乌黑的城市里的斗室
走过那些煤屑铺的小路
慢慢的踱到郊外去，
因为此刻是春天——
毛织物该折好的季候了。
我要看一年开放一次的
桃花与杏花
① 看青草丛中的溪水，
徐缓地游过去
——像一条银色的大蟒蛇；
看公路旁边的电线上的白鸽，
咕叫着，拍着翅膀的白鸽；
看那些用脚踏车滑过柏油路的少女——
② 那些少女爱穿短裤
在柔风里飘着她们的鬈发，

❶比喻

　　诗人把溪水比作"一条银色的大蟒蛇"，十分生动贴切，描绘出溪水动态的美。

❷意境

　　诗人通过对少女的描写，展现了一幅充满青春活力的、快乐的画面。

一片蔚蓝的天

衬出她们鲜红的两颊

　　和不止的晴朗的笑……

而我将躺在高岗上,

让白云带着我的心

航过天之海……

① 我要听那些银铃样的歌声——

来自果树园中的歌声;

那些童年之珍奇的询问;

和那些用风与草编成的情话……

愿啮草的白羊来舐我的手,

我将给篱笆边上的农妇

和她的怀孕的牝牛以祈祷;

而我也将给这远方的,迷失在

煤烟里的城市

和烦忙的人群以怜悯……

但,天却飘起霏霏的雨滴了……

一九三七年三月二十三日　上海

❶联想

诗人想在春天放飞自我,联想到一些美丽的画面,表达了自己对晴朗春天的向往,抒发了诗人对春天的热爱之情。

精华赏析

　　这首诗,诗人开头就流露自己的心情,希望天不要下雨,接着诗人描绘了一番去郊外踏春的美好画面,使读者陶醉其中。但结尾却笔锋一转,"天却飘起霏霏的雨滴了",使人的心情有一个大的落差,出其不意,这种构思十分巧妙。这首诗的另一个亮点:题目为"春雨"而诗人全篇重点并没有描写春雨,只是在开头和结尾提到,这是这首诗的精彩之处。

延伸思考

1. 诗人为什么不希望下雨？

2. 这首诗全篇没有描写春雨，但题目却为"春雨"，诗人有何用意？

3. 这首诗的巧妙之处在哪里？

相关链接

　　春天，又称为春季，是一年的第一个季节。春天阳光明媚，万物复苏，人们通常都喜欢去郊外踏青。踏青，又叫春游、探春。我国很久以前就有踏青习俗，相传在先秦时就已经形成，也另有说法始于魏晋。根据《晋书》记载，每年的春天，人们都要结伴到郊外游春赏景，这个习俗在唐宋时尤盛。唐代诗人杜甫曾写诗"三月三日天气新，长安水边多丽人"，描写了人们踏青游春的场景。千百年来，踏青已经成为人们心中的一种仪式，仿佛只有踏了青，才算真正拥有了春天。白居易的《春游》"逢春不游乐，但恐是痴人"，正是这种心境的真实写照。

太 阳

名师导读

　　太阳，给人温暖，给人希望。艾青这首《太阳》散发着正能量，它召唤人们敞开心扉迎接光明，树立起积极乐观的信念。

从远古的墓茔
从黑暗的年代
从人类死亡之流的那边
震惊沉睡的山脉
若火轮飞旋于沙丘之上
① 太阳向我滚来……

它以难遮掩的光芒
使生命呼吸
使高树繁枝向它舞蹈
使河流带着狂歌奔向它去

当它来时，我听见
冬蛰的虫蛹转动于地下

❶诗眼

　　这句诗中，"滚"字用得十分精巧，有了这个"滚"字，其气势一下子出来了。全诗的诗眼就是"滚"字，全诗围绕着"滚"字展开，其他诗句也由"滚"字而生辉。

注释

墓茔：（mù yíng）坟茔。

19

❶比拟
　　一个"撕"字，将太阳力量之猛、"我"的决心之大，痛快淋漓地写出来。同时与前面的"滚"字相呼应，加强了整首诗的力度。

群众在旷场上高声说话
城市从远方
用电力与钢铁召唤它

① 于是我的心胸
被火焰之手撕开
陈腐的灵魂
搁弃在河畔
我乃有对于人类再生之确信

一九三七年春

精华赏析

　　这属于一首抒情诗。诗人通过比拟的手法，使太阳具有人的语言与思想，展现太阳渴望走进小屋，打开人们关闭的心灵。诗人借太阳象征光明、进步，表达了诗人对进步、民主的新生活的向往。《太阳》这首诗，以它深沉的内涵和博大的气势深深震撼了读者，是诗人创作中的优秀之作。

延伸思考

1.这首诗的格调是怎样的？
2.诗人想通过这首诗表达什么？
3.太阳象征着什么？

相关链接

　　1937年春天，艾青写下《太阳》这首诗。艾青是一个十分敏感的人。不管是在狭窄的小屋里，还是在热闹嘈杂的大街上，诗人感受到的都是一种恢宏伟大的气氛，诗人内心受到触动，感情变得热烈起来。
　　中国此时处于大变革的较量时期。一方面代表一切旧势力的国民党反动派，加上外国侵略者，想将中国推入黑暗之中；另一方面革命者与劳苦大众，想要打破旧世界，建立一个自由光明的新世界。在这激烈较量的态势还未明朗之时，诗人已感到希望将要来临。《太阳》这首诗就反映了这一历史的态势。

煤的对话

你对煤熟悉吗？你知道煤是怎样形成的，它有什么用处吗？下面我们从这首《煤的对话》中找答案吧！

① 你住在哪里？

我住在万年的深山里
我住在万年的岩石里

你的年纪——

我的年纪比山的更大
比岩石的更大

你从什么时候沉默的？

从恐龙统治了森林的年代
从地壳第一次震动的年代

你已死在过深的怨愤里了么？

❶ 比拟

没有任何雕琢和修饰，就是平凡的口语，但是，在这朴实平易之中却流溢出诗味。朴实、自然正是这首诗艺术的体现。

读书笔记

死？不，不，我还活着——
请给我以火，给我以火！

一九三七年春

精华赏析

这首诗朴实自然，既没有豪迈激昂的措辞，也没有强有力的节奏，诗虽短却耐人寻味。博大的内涵，深远的意境，丝毫不亚于一些长诗。以对话的方式，一问一答，是这首诗的重要特色。言简而意深，是诗歌创作的追求，《煤的对话》就是这样一首诗。

延伸思考

1.诗歌采用了怎样的表现形式？有什么好处？
2.作者写了煤产生的整个过程，请你说说是一个怎样的过程。
3.你能体会出作者借煤歌咏了人的什么精神吗？

相关链接

我们知道煤是古代植物长期埋藏在地下，然后经历了十分复杂的生物化学和物理化学变化，最后逐渐形成的固体可燃性矿物。煤的主要元素为碳、氢、氧、氮、硫和磷等，碳、氢、氧三者总和占有机质的95%以上。煤是十分重要的能源，也是冶金、化学工业的重要原料，主要用作燃料。煤主要分为烟煤、无烟煤、半无烟煤。世界上最早使用煤的国家是中国。

春

名师导读

　　春天，春风送暖，桃花盛开，但在这样的美丽时节却发生了一件震惊全中国的事件——"左联五烈士"被杀害。当时艾青十分气愤，写下了这首《春》。

春天了
龙华的桃花开了
在那些夜间开了
在那些血斑点点的夜间
那些夜是没有星光的
那些夜是刮着风的
那些夜听着寡妇的咽泣
①而这古老的土地呀
随时都像一只饥渴的野兽
舐吮着年轻人的血液
顽强的人之子的血液
于是经过了悠长的冬日
经过了冰雪的季节
经过了无限困乏的期待
这些血迹，斑斑的血迹
在神话般的夜里

❶比喻

　　诗人巧妙地刻画"血"，进一步强调"野兽"的残酷，从而增强了控诉和愤怒的力量，同时为下面的诗句起了铺垫作用。

读书笔记

在东方的深黑的夜里

爆开了无数的蓓蕾

点缀得江南处处是春了

人问：春从何处来？

我说：来自郊外的墓窟。

一九三七年四月

精华赏析

这首《春》，诗人围绕"桃花"展开描述。诗人从"春天""桃花"写起，最后笔又落在"春"上，整首诗结构完整，内涵博大。这首诗通过对龙华的桃花的描述，告诉人们烈士的血不会白流，他们的精神将鼓舞广大人民和革命者。诗人借"桃花"象征社会解放，表达了必胜的信念。

延伸思考

1. "春天""桃花"象征着什么？

2. 这首诗是什么时间写的？

3. 这首诗表达了诗人怎样的思想感情？

相关链接

1931年2月7日，柔石、殷夫、胡也频、李伟森、冯铿这5位年轻的革命者、作家和诗人，在上海龙华被敌人残忍杀害。后来，他们被人们称为"左联五烈士"。艾青听到此消息后，非常气愤，于1937年4月写下《春》来纪念为国牺牲的烈士。艾青说："这是为纪念左联五烈士而写的。胡风拿去发表在《生活与学习》上。"

笑

名师导读

　　我们现在的美好幸福生活，是无数革命者流血牺牲换来的。艾青的这首《笑》就是一首歌颂革命者的赞歌。

---

① 我不相信考古学家——

在几千年之后，
在无人迹的海滨，
在曾是繁华过的废墟上
拾得一根枯骨
——我的枯骨时，
他岂能知道这根枯骨
是曾经了二十世纪的烈焰燃烧过的？

② 又有谁能在地层里
寻得
那些受尽了磨难的
牺牲者的泪珠呢？
那些泪珠
曾被封禁于千重的铁栅，

❶ 直抒胸臆

　　诗人以遥远将来的视角看待当下，使这首诗跨越时间，浑然而成。

❷ 反问

　　诗人以反问引起读者思考，突出了受苦受难的烈士们默默无闻的牺牲精神。

却只有一枚钥匙

可以打开那些铁栅的门，

而去夺取那钥匙的无数大勇

却都倒毙在

守卫者的刀枪下了

❶对比

突出了烈士的一颗泪珠所承载的意义之大。

① 如能捡得那样的一颗泪珠

藏之枕畔，

当比那捞自万丈的海底之贝珠

更晶莹，更晶莹

而彻照万古啊！

❷反问

道出了当时的社会现状，人们生活在水深火热之中。革命烈士前赴后继，流血牺牲。

② 我们岂不是

都在自己的年代里

被钉上了十字架么？

而这十字架

决不比拿撒勒人所钉的

较少痛苦。

❸点题

突出了笑来得十分不易，是无数革命者前赴后继、流血牺牲才换来的，整首诗的含意一下子明确、深邃了。

敌人的手

给我们戴上荆棘的冠冕

从刺破了的惨白的前额

淋下的深红的血点，

也不曾写尽

我们胸中所有的悲愤啊！

③ 诚然

注释

拿撒勒：又译纳匝勒，是以色列北部城市，位于历史上的加利利地区。

我们不应该有什么奢望，

却只愿有一天

人们想起我们，

像想起远古的那些

和巨兽搏斗过来的祖先，

脸上会浮上一片

安谧而又舒展的笑——

虽然那是太轻松了，

但我却甘愿

为那笑而捐躯！

一九三七年五月八日

精华赏析

　　《笑》是一首歌颂革命者的诗。诗人用独特的视角从遥远的将来写起，使这首诗从一开始就抓住了人心。在这首诗中，诗人用深沉的笔调，写出了人的力量。诗人在诗中指出，能够摧毁旧世界的力量，不是别的，而是无数英勇奋斗的革命者。虽然革命者遭遇了种种磨难，甚至流血牺牲，但是他们的力量却是不可阻挡的，最终要推动历史前进，走向光明的未来。

延伸思考

1.诗人将题目拟为"笑"有何含义？

2.这首诗歌颂了什么？

3.你怎样理解"但我却甘愿／为那笑而捐躯"？

黎 明

1937年5月23日早晨，艾青写了一首《黎明》，这首诗在"散文美"的把握上，可以说是出类拔萃，下面我们一起去欣赏吧！

❶意象

诗人就这样在平静之中开始了对黎明的怀念、期待与迎接。

读书笔记

① 当我还不曾起身
两眼闭着
听见了鸟鸣
听见了车声的隆隆
听见了汽笛的嘶叫
我知道
你又叩开白日的门扉了……

黎明，
为了你的到来
我愿站在山坡上，
像欢迎
从田野那边疾奔而来的少女，
向你张开两臂——
因为你，
你有她的纯真的微笑，
和那使我迷恋的草野的清芬。

① 我怀念那：
同着伙伴提了篾篮
到田堤上的豆棚下
采撷豆荚的美好的时刻啊——
我常进到最密的草丛中去，
让露水浸透了我的草鞋，
泥浆也溅满我的裤管，
这是自然给我的抚慰，
我将狂欢而跳跃……

我也记起
在远方的城市里
在浓雾蒙住建筑物的每个早晨，
我常爱在街上无目的地奔走，
为的是
你带给我以自由的愉悦，
和工作的热情。

② 但我却不愿
看见你罩上忧愁的面纱——
因我不能到田间去了，
也不能在街上奔跑——
一切都沉默着，
望着阴郁的雨滴徘徊在我的窗前
我会联想到：死亡，战争，
和人间一切的不幸……

黎明啊，

❶意境

　　诗人用朴实自然的话语描绘出一幅美好的生活场景，表现了诗人十分怀念自己与大自然接触的美好时光。

❷直抒胸臆

　　展现了诗人忧郁的情怀。

要是你知道我曾对你

有比对自己的恋人

更不敢拂逆和迫切的期待啊——

① 当我在那些苦难的日子，

悠长的黑夜

把我抛弃在失眠的卧榻上时，

我只会可怜地凝视着东方，

用手按住温热的胸膛里的急迫的心跳

等待着你——

我永远以坚苦的耐心，

希望在铁黑的天与地之间

会裂出一丝白线——

纵使你像故意磨折我似的延迟着，

我永不会绝望，

却只以燃烧着痛苦的嘴

问向东方：

　"黎明怎不到来？"

而当我看见了你

披着火焰的外衣，

从天边来到阴暗的窗口时啊——

我像久已为饥渴哭泣得疲乏了的婴孩，

看见母亲为他解开裹住乳房的衣襟

泪眼进出微笑，

心儿感激着，

我将带着呼唤

带着歌唱

投奔到你温煦的怀里。

一九三七年五月二十三日晨

❶意境

　　诗人描述了自己对黎明的热切期待，"我永不会绝望"表明了诗人的决心，也暗示诗人坚信黎明会到来。

读书笔记

精华赏析

　　这首诗，诗人用第一人称"我"来写，写出了"我"与黎明的关系，"我"对黎明的感情以及讴歌。从整首诗来看，特点是潇洒明丽，流溢着"散文美"，表达出那个时代处于黑暗之中的广大人民对于黎明、对于光明的一种热切渴望。

延伸思考

　　1.这首诗分别写了"我"对黎明的什么情感？

　　2.这首诗有几个生活场景描写？

　　3.你觉得这首诗最突出的特点是什么？

相关链接

　　《黎明》这首诗在"散文美"的把握上，可以说是出类拔萃。艾青曾指出："强调'散文美'，就是为了把诗从矫揉造作、华而不实的风气中摆脱出来，主张以现代的日常所用的鲜活的口语，表达自己所生活的时代——赋予诗以新的生机。"艾青对诗的"散文化"非常反对。他说："有的诗写得太拖沓、冗长、啰唆，过分铺张，海阔天空不着边际。"杜绝"散文化"关键是要分清散文与诗的区别，从题材的选择、含意的思考以及句子的运用上，都一定要非常讲究。在新诗的创作中，将"散文美"掌握好，会收到异乎寻常的效果。

复活的土地

名师导读

1937年7月6日，在沪杭路车厢里，艾青写下《复活的土地》这首诗，预言伟大的民族性的抗日战争即将来临。他的预言也得到了验证，1937年7月7日，在古老的卢沟桥，划破历史长空的枪声响起了。

腐朽的日子
早已沉到河底，
让流水冲洗得
快要不留痕迹了；

❶场景描写

这两节是诗人在车厢中看到远处青绿的原野，心中发出的感触。繁花、茂草、鸟的歌唱，祝愿播种者获得金色的颗粒，表现了诗人心中的美好与恬静，同时为下文埋下了伏笔。

① 河岸上
春天的脚步所经过的地方，
到处是繁花与茂草；
而从那边的丛林里
也传出了
忠心于季节的百鸟之
高亢的歌唱。

播种者呵
是应该播种的时候了，
为了我们肯辛勤地劳作

大地将孕育
金色的颗粒。

① 就在此刻，
你——悲哀的诗人呀，
也应该拂去往日的忧郁，
让希望苏醒在你自己的
久久负伤着的心里：

因为，我们的曾经死了的大地，
在明朗的天空下
已复活了！
——苦难也已成为记忆，
在它温热的胸膛里
重新漩流着的
将是战斗者的血液。

❶ 象征 ············
这两节是诗人诚挚的自白与决心，一下子使全诗激昂起来，读者的情绪也随之感染，感悟到土地复活和民族觉醒的喜悦。

一九三七年七月六日　沪杭路上

精华赏析

诗作《复活的土地》虽然短小，但却是一首真正意义上的大诗。诗人运用纯净而庄重的语言，将一个受尽凌辱的伟大民族正在觉醒奋起的姿态和精神，以及诗人自己"拂去往日的忧郁"，与苏醒的大地一起迎接战争的欢欣和决心，犹如铭刻碑文似的简洁而深刻地勾勒了出来。

延伸思考

1. 题目"复活的土地"有何含义？

2. 这首诗表达了诗人心中怎样的情感？

3. 你怎样理解"因为，我们的曾经死了的大地，在明朗的天空下 / 已复活了"这句话？

他起来了

艾青在写了《复活的土地》的三个月以后，又写出了一首更为昂奋的不到二十行的大诗——《他起来了》，一起来欣赏吧！

他起来了——
从几十年的屈辱里
从敌人为他掘好的深坑旁边

他的额上淋着血
他的胸上也淋着血
但他却笑着
——他从来不曾如此地笑过

他笑着
两眼前望且闪光
像在寻找
那给他倒地的一击的敌人

他起来了
他起来

34

将比一切兽类更勇猛
又比一切人类更聪明

① 因为他必须如此
因为他
必须从敌人的死亡
夺回来自己的生存

❶意象 ·················

　　诗人用常见的平凡的文字，塑造出一个有生命感的巨人的意象，从整体上显示出历史的纪念碑的气势和力度。

　　　　　　　一九三七年十月十二日　杭州

精华赏析

　　在这首诗中，诗人充满了激情和热血，成功塑造了一个准备进入生死搏斗的民族巨人的形象。诗人没有采用任何装饰性的文字，全诗朴实无华，所有的文字都具有铁质、血质，是坚定不可动摇的。《他起来了》的艺术审美特点是呈现出巨型的雕塑感，这主要是由诗的意象的深度和空间感所决定的。

延伸思考

1. 这首诗的语言艺术特点是什么？
2. 这首诗表现了诗人怎样的思想感情？
3. "他起来了"中的"他"指谁？

相关链接

　　艾青是一位真正的爱国诗人。1937年抗战爆发后，艾青立即投身于伟大的民族解放战争之中。这首《他起来了》就写于此时期。他在自己的作品中，悲愤地诉说着民族的苦难，用激昂的语言呼唤着民族觉醒。40年代初期，艾青奔赴延安，在解放区生活与创作。1945年抗战取得胜利后，艾青积极投身解放战争；新中国成立后，他又在文艺界承担了一些行政领导工作。1957年艾青被错划为"右派"，被下放的日子里，他仍然坚持写诗。1976年"四人帮"被粉碎后，艾青再次焕发创作青春，写出了《鱼化石》等优秀作品。

雪落在中国的土地上

名师导读

　　"雪落在中国的土地上，寒冷在封锁着中国呀……"这是诗人内心深处悲痛急切的呐喊，一起来欣赏这首激昂大气的《雪落在中国的土地上》吧！

雪落在中国的土地上，
寒冷在封锁着中国呀……

❶比喻

　　使读者感到无法躲避风的侵袭以及它古老的哀伤的声息，使人感受到历史的沉重。

① 风，
像一个太悲哀了的老妇，
紧紧地跟随着
伸出寒冷的指爪
拉扯着行人的衣襟，
用着像土地一样古老的话
一刻也不停地絮聒着……

那从林间出现的，
赶着马车的

你中国的农夫
戴着皮帽
冒着大雪
你要到哪儿去呢?

告诉你
我也是农人的后裔——
由于你们的
刻满了痛苦的皱纹的脸
我能如此深深地
知道了
生活在草原上的人们的
岁月的艰辛。

① 而我
也并不比你们快乐啊
——躺在时间的河流上
苦难的浪涛
曾经几次把我吞没而又卷起——
流浪与监禁
已失去了我的青春的
最可贵的日子,
我的生命
也像你们的生命
一样的憔悴呀

❶联想

　　诗人通过对农民的关注,不禁联想到自己,为自己的命运而歌吟,表现了诗人内心的痛苦与挣扎。

读书笔记

读书笔记

注释

农夫:旧时称从事农业生产的男子。

雪落在中国的土地上，
寒冷在封锁着中国呀……

沿着雪夜的河流，
一盏小油灯在徐缓地移行，
那破烂的乌篷船里
映着灯光，垂着头
坐着的是谁呀？

①——啊，你
蓬发垢面的少妇，
是不是
你的家
——那幸福与温暖的巢穴——
已被暴戾的敌人
烧毁了么？
是不是
也像这样的夜间，
失去了男人的保护，
在死亡的恐怖里
你已经受尽敌人刺刀的戏弄？

咳，就在如此寒冷的今夜，
无数的
我们的年老的母亲，
都蜷伏在不是自己的家里，
就像异邦人
不知明天的车轮
要滚上怎样的路程……
——而且

📖 读书笔记

❶ 想象
通过连续的问话，展现了一个令人心碎的画面，营造了一种悲怆凄惨的气氛。

📖 读书笔记

中国的路
是如此的崎岖
是如此的泥泞呀。

雪落在中国的土地上，
寒冷在封锁着中国呀……

① 透过雪夜的草原
那些被烽火所啮啃着的地域，
无数的，土地的垦殖者
失去了他们所饲养的家畜
失去了他们肥沃的田地
拥挤在
生活的绝望的污巷里：
饥馑的大地
朝向阴暗的天
伸出乞援的
颤抖着的两臂。

中国的苦痛与灾难
像这雪夜一样广阔而又漫长呀！

雪落在中国的土地上，
寒冷在封锁着中国呀……

中国，
我的在没有灯光的晚上
所写的无力的诗句
能给你些许的温暖么？

一九三七年十二月二十八日夜间

❶意象

诗人心中想象着一幅幅在中国大地上发生的生活画面，催人泪下的悲剧场景展现在人们眼前，表现了诗人对时代命运的关切以及对人民苦难的感同身受。

精华赏析

　　《雪落在中国的土地上》这首诗在构思上表现了艾青擅长发挥丰富的想象力的特点。这首诗通过描写大雪纷扬下的农夫、少妇、母亲的形象，展现了旧中国广大人民的苦痛与灾难，表达了诗人深深的爱国热情和忧患意识以及一颗赤子之心。

延伸思考

　　1. 这首诗的主旋律是哪两句？
　　2. 诗人展现了多个苦难的生活场景，目的是为了营造什么氛围？
　　3. 诗人当时是以怎样的情感写下这首诗的？

相关链接

　　读了《雪落在中国的土地上》这首诗，下面我们来了解一下这首诗的写作背景：七七事变以后，全国人民的抗日斗志十分高涨，但是国民党军队却节节败退，丢失了大片大好河山。在这民族存亡的危急关头，人们寻求着如何战胜日本军国主义者的一条正确道路，同时也不免面对严峻的现实而陷入深沉的思考。诗人一直深切关怀着祖国前途和人民命运，在感情上有他独特的表达方式。1937年12月28日，艾青写下了《雪落在中国的土地上》这首诗。

手推车

手推车，不知大家熟不熟悉，它是一种非常古老的搬运货物的工具。下面来欣赏艾青笔下的《手推车》吧，读完你一定会有不同的感受。

在黄河流过的地域
在无数的枯干了的河底
① 手推车
以唯一的轮子
发出使阴暗的天穹痉挛的尖音
穿过寒冷与静寂
从这一个山脚
到那一个山脚
彻响着
北国人民的悲哀

在冰雪凝冻的日子
在贫穷的小村与小村之间
手推车
以单独的轮子
刻画在灰黄土层上的深深的辙迹
穿过广阔与荒漠

❶ 渲染

诗人围绕手推车的"尖音"进行艺术渲染，使车轮的响声与北国人民的"悲哀"相呼应。

✒ 读书笔记

41

从这一条路
到那一条路
交织着
北国人民的悲哀

一九三八年初

精华赏析

　　在这首诗中，手推车是一种象征的意象，它象征着中华民族的历史命运和深重灾难。诗人借助手推车来表现"北国人民的悲哀"，这是诗人对保守、呆板、落后的生活方式感到悲哀。诗人善于抓住生活中的具体事物——手推车，进行艺术刻画，表达自己的独特感受。这首诗在音节的安排和意境的营造上基本重复，使诗作的气氛和感情得到加强。

延伸思考

　　1.诗人借助"手推车"表达了什么？
　　2."北国人民的悲哀"指的是什么？
　　3.这首诗的结构特点是什么？

相关链接

　　学了《手推车》这首诗，现在我们来了解一下什么是手推车。手推车是通过人力推、拉的搬运车辆，分为独轮、两轮、三轮和四轮四类。现在的所有车辆都是通过它演变而来的。手推车的特点是造价低廉、维护简单、操作方便、自重轻，并且能在机动车辆不能使用的地方工作，而且短距离搬运较轻的物品时也非常方便。

北　方

1938 年 2 月，战火如迅雷般逼近了黄河，艾青在古老的潼关写下了这首《北方》。下面一起来欣赏这首诗吧！

一天
那个科尔沁草原上的诗人
对我说：
"北方是悲哀的。"

读书笔记

不错
北方是悲哀的。
从塞外吹来的
沙漠风，
已卷去北方的生命的绿色
与时日的光辉
——一片暗淡的灰黄
蒙上一层揭不开的沙雾；
那天边疾奔而至的呼啸
带来了恐怖
疯狂的
扫荡过大的；

荒漠的原野

冻结在十二月的寒风里，

① 村庄呀，山坡呀，河岸呀，

颓垣与荒冢呀

都披上了土色的忧郁……

❶ 比拟

诗人给"村庄""山坡""河岸""颓垣与荒冢"注入了人的情感。

孤单的行人，

上身俯前

用手遮住了脸颊，

在风沙里

困苦地呼吸

一步一步地

挣扎着前进……

几只驴子

——那有悲哀的眼

和疲乏的耳朵的畜生，

载负了土地的

痛苦的重压，

它们厌倦的脚步

徐缓地踏过

北国的

修长而又寂寞的道路……

读书笔记

那些小河早已枯干了

河底也已画满了车辙，

北方的土地和人民

在渴求着

那滋润生命的流泉啊！

枯死的林木

与低矮的住房

稀疏地，阴郁地

散布在灰暗的天幕下；

① 天上，

看不见太阳，

只有那结成大队的雁群

惶乱的雁群

击着黑色的翅膀

叫出它们的不安与悲苦，

从这荒凉的地域逃亡

逃亡到

绿荫蔽天的南方去了……

❶意象

此处描写了雁群，突出了"北方是悲哀的"。

北方是悲哀的

而万里的黄河

汹涌着混浊的波涛

给广大的北方

倾泻着灾难与不幸；

而年代的风霜

刻划着

广大的北方的

贫穷与饥饿啊。

读书笔记

② 而我

——这来自南方的旅客，

却爱这悲哀的北国啊。

扑面的风沙

与入骨的冷气

决不曾使我咒诅；

我爱这悲哀的国土，

❷直抒胸臆

这句话表达了诗人深深的爱国情感。他为北国而悲哀，为生活在当下困苦的劳苦大众而悲哀。

❶意境·············

　　诗人深深地
感受到民族深远
的苦难以及土地
所产生的令灵魂
惊醒的沉重感,
体现了诗人至深
的爱国情怀。

✎读书笔记

一片无垠的荒漠
也引起了我的崇敬
——①我看见
我们的祖先
带领了羊群
吹着箛笛
沉浸在这大漠的黄昏里;
我们踏着的
古老的松软的黄土层里
埋有我们祖先的骸骨啊,
——这土地是他们所开垦
几千年了
他们曾在这里
和带给他们以打击的自然相搏斗
他们为保卫土地
从不曾屈辱过一次,
他们死了
把土地遗留给我们——
我爱这悲哀的国土,
它的广大而瘦瘠的土地
带给我们以淳朴的言语
与宽阔的姿态,
我相信这言语与姿态
坚强地生活在大地上
永远不会灭亡;
我爱这悲哀的国土,
　　古老的国土
——这国土
养育了为我所爱的

世界上最艰苦

与最古老的种族。

一九三八年二月四日　潼关

精华赏析

《北方》这首诗从整体来看语言朴素，情感毫无遮蔽。诗人写北方的自然景象，真实而生动，使读者有置身其中的实感。这首诗最后部分，悲哀升华为巨大的力量，具有深刻哲思，古老而悲哀的国土以及种族塑造了诗人不屈不挠的灵魂。

延伸思考

1.诗人写了北方的哪些自然景象？
2.《北方》这首诗表达了诗人的什么情感？
3.为什么诗人说"北方是悲哀的"？

相关链接

诗人在《北方》中描写了北方的自然景象。我国北方地区以温带大陆性气候为主，局部地区也有高原气候。温带大陆性气候的基本特征是冬季寒冷，夏季温热，气温年较差比较大，日较差也大。一年中，1月最冷，7月最热。北方降水量少，并且季节分配不均，雨水主要集中在夏季，降水的年际变化相差比较大。我国西北地区就属于温带大陆性气候，高原气候主要分布在黄土高原和青藏高原地区。

冬日的林子

名师导读

    在艾青的作品中，有不少著名的短章。这些短章，宛如春天的花朵，清丽委婉，婀娜多姿。下面我们来欣赏艾青短章中的一首精品——《冬日的林子》。

❶排比

"我欢喜走过冬日的林子"是个总起句，也是中心句。"冬日的林子"反复出现，使诗句在有气势中又显出单纯。

① 我欢喜走过冬日的林子——
没有阳光的冬日的林子
干燥的风吹着的冬日的林子
天像要下雪的冬日的林子

没有色泽的冬日是可爱的
没有鸟的聒噪的冬日是可爱的
冬日的林子里一个人走着是幸福的
我将如猎者般轻悄地走过
而我决不想猎获什么……

一九三九年二月十五日

精华赏析

　　《冬日的林子》是艾青诗作中为数不多的写景诗之一，这首诗是单纯的写景，单纯的诉说自然之美以及生命游移之美。真实而单纯是此诗成功的重要因素，表达了诗人真实而简单的幸福。

延伸思考

　　1.这首短诗的成功之处是什么？
　　2.这首短诗表达了诗人怎样的情感？
　　3.诗人为什么喜欢冬日的林子？

相关链接

　　这首诗运用反复句式，整齐而节奏感强。现代诗歌的特点：形式自由而且内涵开放，意象意境重于修辞，诗的内容要有高度的概括性、鲜明的形象性、浓烈的抒情性以及和谐的音乐性，形式上分行排列。

向太阳

名师导读

　　1938 年 4 月，艾青从战火蔓延的北方回到武汉，不久，他用激越与丰厚的情感创作了长诗《向太阳》，这首诗被誉为抗日战争时期重要的优秀诗篇。一起来欣赏吧！

❶引用........
　　将《向太阳》这首诗的时空戈和整个情节推向了一个深远的境界。

①从远古的墓茔

从黑暗的年代

从人类死亡之流的那边

震惊沉睡的山脉

若火轮飞旋于沙丘之上

太阳向我滚来……

——引自旧作《太阳》

一　我起来

读书笔记

我起来——

像一只困倦的野兽

受过伤的野兽

从狼藉着败叶的林薮

从冰冷的岩石上

挣扎了好久

支撑着上身
睁开眼睛
向天边寻觅……

我——
是一个
从遥远的山地
从未经开垦的山地
到这几千万人
　　用他们的手劳作着
　　用他们的嘴呼嚷着
　　用他们的脚走着的城市来的
　　　　旅客，
我的身上
酸痛的身上
深刻的留着
风雨的昨夜的
长途奔走的疲劳

①但
我终于起来了

我打开窗
用囚犯第一次看见光明的眼
看见了黎明
——这真实的黎明啊

❶象征·················
　　诗人忘记了
昨日的痛楚，满
怀期待迎接黎明
的到来。这不只
是一个囚犯对自
己人生的回顾，
也展现了诗人的
一颗赤子之心。

注释

山地：多山的地带。

（远方

似乎传来了群众的歌声）

于是　我想到街上去

二　街上

❶场景描写··········

　　诗人听到远处传来群众的歌声而来到街上，看到了充满朝气的生活场景。

① 早安呵

你站在十字街头

　车辆过去时

　　举着白袖子的手的警察

早安呵

你来自城外的

　　挑着满箩绿色的菜贩

早安呵

你打扫着马路的

　　穿着红色背心的清道夫

早安呵

你提了篮子，第一个到菜场去的

　　棕色皮肤的年轻的主妇

我相信

昨夜

你们决不像我一样

被不停的风雨所追踪

　被无止的恶梦所纠缠

你们都比我睡得好啊！

三　昨天

昨天

我在世界上

📝读书笔记

· · · · · · · · · ·

· · · · · · · · · ·

· · · · · · · · · ·

📝读书笔记

· · · · · · · · · ·

· · · · · · · · · ·

· · · · · · · · · ·

用可怜的期望

喂养我的日子

像那些未亡人

披着麻缕

用可怜的回忆

喂养她们的日子一样

昨天

我把自己的国土

　　当做病院

——而我是患了难于医治的病的

① 没有哪一天

我不是用迟滞的眼睛

看着这国土的

　　没有边际的凄惨的生命……

没有哪一天

我不是用呆钝的耳朵

听着这国土的

　　没有止息的痛苦的呻吟

昨天

我把自己关在

精神的牢房里

四面是灰色的高墙

没有声音

我沿着高墙

走着又走着

我的灵魂

不论白日和黑夜

❶反复

诗中重复出现"没有哪一天"，然后从视觉和听觉上剖析自己的灵魂，历史的痛创令诗人内心沉重。

永远的唱着
一曲人类命运的悲歌

📖读书笔记

昨天
我曾狂奔在
阴暗而低沉的天幕下的
没有太阳的原野
到山巅上去
伏倒在紫色的岩石上
流着温热的眼泪
哭泣我们的世纪

❶铺陈

　　"一切都过
去了"为下一章
日出做了铺陈，
同时也体现出诗
人告别了昨日伤
痛，满怀欢喜迎
接日出。

① 现在好了
一切都过去了

四　日出

当它来时……
城市从远方
用电力与钢铁召唤它

——引自旧作《太阳》

❷意象

　　写出了太阳
升起时的壮观景
象，从空间感上
使读者眼前浮现
出一个硕大的冉
冉升起的太阳。

② 太阳
从远处的高层建筑
　　——那些水门汀与钢铁所砌成的山
和那成百的烟突
成千的电线杆子
成万的屋顶
所构成的
密丛的森林里
出来了……

在太平洋

在印度洋

在红海

在地中海

在我最初对世界怀着热望

而航行于无边蓝色的海水上的少年时代

我都曾看着美丽的日出

① 但此刻

在我所呼吸的城市

喷发着煤油的气息

柏油的气息

混杂的气息的城市

敞开着金属的胴体

矿石的胴体

电火的胴体的城市

宽阔的

承受黎明的爱抚的城市

我看见日出

比所有的日出更美丽

❶ 对比、反复……

诗中个别词重复出现，使诗句具有跳跃的节奏感、整齐感，构成了诗的内部韵律。而对比则突出了"我"看见的日出的美丽。

五　太阳之歌

② 是的

太阳比一切都美丽

比处女

比含露的花朵

比白雪

比蓝的海水

太阳是金红色的圆体

❷ 排比………………

突出了太阳比一切都美丽，体现了诗人对太阳的无限赞美之情。

是发光的圆体
是在扩大着的圆体

惠特曼
从太阳得到启示
用海洋一样开阔的胸襟
写出海洋一样开阔的诗篇

凡谷
从太阳得到启示
用燃烧的笔
蘸着燃烧的颜色
画着农夫耕犁大地
画着向日葵

邓肯
从太阳得到启示
用崇高的姿态
披示给我们以自然的旋律

太阳
它更高了
它更亮了
它红得像血

太阳
它使我想起　法兰西　美利坚的革命
想起　博爱　平等　自由
想起　德谟克拉西
想起　《马赛曲》《国际歌》

想起　华盛顿　列宁　孙逸仙
　　　和一切把人类从苦难里拯救出来的
　　　人物的名字

① 是的
太阳是美的
且是永生的

❶概括
　　诗人的心胸，完全袒露向现实的世界和人类理想的境界。这样，诗的内涵也得到了拓展，一个以永生的太阳为理想的亲和世界在诗人心中展现出来。

六　太阳照在

初升的太阳
照在我们的头上
照在我们的久久的低垂着
　　不曾抬起过的头上
太阳照着我们的城市和村庄
照着我们的久久的住着
　　屈服在不正的权力下的城市和村庄
太阳照着我们的田野，河流和山峦
照着我们的从很久以来
　　到处都蠕动着痛苦的灵魂的
　　田野，河流和山峦……

今天
太阳的炫目的光芒
把我们从绝望的睡眠里刺醒了
也从那遮掩着无限痛苦的迷雾里
刺醒了我们的城市和村庄
也从那隐蔽着无边忧郁的烟雾里
刺醒了我们的田野，河流和山峦
我们仰起了沉重的头颅
从濡湿的地面

读书笔记

一致的
向高空呼嚷
"看我们
我们
笑得像太阳！"

七 在太阳下

"看我们
我们
笑得像太阳！"
① 那边
一个伤兵
支撑着木制的拐杖
沿着长长的墙壁
跨着宽阔的步伐
太阳照在他的脸上
照在他纯朴的笑着的脸上
他一步一步的走着
他不知道我在远处看着他
当他的披着绣有红十字的灰色衣服的
　高大的身体
走近我的时候
这太阳下的真实的姿态
我觉得
比拿破仑的铜像更漂亮

太阳照在
城市的上空

街上的人

❶ 意象
这是诗人对伤兵真实而发自内心的赞美。

这么多，这么多

他们并不曾向我打招呼

但我向他们走去

我看着每一个从我身边走过的人

对他们

我不再感到陌生

太阳照着他们的脸

照着他们的

　　　光洁的，年轻的脸

　　　发皱的，年老的脸

　　　红润的，少女的脸

　　　善良的，老妇的脸

和那一切的

　　昨天还在惨愁着但今天却笑着的脸

他们都匆忙的

摆动着四肢

在太阳光下

来来去去的走着

　　——好像他们被同一的意欲所驱使似的

他们含着微笑的脸

也好像在一致的说着

　　① "我们爱这日子

　　不是因为我们

　　　　看不见自己的苦难

　　不是因为我们

　　　　看不见饥饿与死亡

　　我们爱这日子

　　是因为这日子给我们

　　带来了灿烂的明天的

❶反复

　　诗人重复"我们爱这日子"，表达了自己此刻的感悟，认为当前的苦难生活是美好明天的开始。

最可信的音讯。"

太阳光
闪烁在古旧的石桥上……
① 几个少女——
　那些幸福的象征啊
背着募捐袋
在石桥上
在太阳下
唱着清新的歌
　"我们是天使
　健康而纯洁
　我们的爱人
　年轻而勇敢
　有的骑战马
　驰骋在旷野
　有的驾飞机
　飞翔在天空……"
（歌声中断了，她们在向行人募捐）
现在
她们又唱了
　"他们上战场
　奋勇杀敌人
　我们在后方
　慰劳与宣传
　一天胜利了
　欢聚在一堂……"
她们的歌声
是如此悠扬
太阳照着她们的

❶意象

　　诗人描写了几个少女"背着募捐袋""唱着清新的歌"，歌颂了少女们为战争奔走呼号的热情。

读书笔记

骄傲的突起的胸脯
和袒露着的两臂
和发出尊严的光辉的前额
她们的歌
飘到桥的那边去了……

太阳的光
泛滥在街上

浴在太阳光里的
　街的那边
① 一群穿着被煤烟弄脏了的衣服的工人
扛抬着一架机器
　——金属的棱角闪着白光
太阳照在
　他们流汗的脸上
当他们每一步前进时
他们发出缓慢而沉洪的呼声
　"杭——唷
　杭——唷
　我们是工人
　工人最可怜
　贫穷中诞生
　劳动里成长
　一年忙到头
　为了吃与穿
　吃又吃不饱
　穿又穿不暖
　杭——唷
　杭——唷

📝读书笔记

❶场景描写⋯⋯⋯
　体现了工人们为抗战胜利也做出了贡献。

❶烘托

烘托出敌人的侵略给人们带来的灾难，同时体现了工人们对敌人的痛恨之情。

✒读书笔记

① 自从八一三
敌人来进攻
工厂被炸掉
东西被抢光
几千万工友
饥饿与流亡
我们在后方
要加紧劳动
为国家生产
为抗战流汗
一天胜利了
生活才饱暖
杭——唷
杭——唷……"
他们带着不止的杭唷声
转弯了……

太阳光
泛滥在旷场上

❷场景描写

描写了一群在泛滥着阳光的广场上操演的士兵，他们为了抗战抓紧训练。

② 旷场上
成千的穿草黄色制服的士兵
在操演
他们头上的钢盔
和枪上的刺刀
闪着白光
他们以严肃的静默
等待着
那及时的号令
现在

他们开步了

从那整齐的步伐声里

我听见

"一！二！三！四！

一！二！三！四！

我们是从田野来的

我们是从山村来的

① 我们生活在茅屋

我们呼吸在畜棚

我们耕犁着田地

田地是我们的生命

但今天

敌人来到我们的家乡

我们的茅屋被烧掉

我们的牲口被吃光

我们的父母被杀死

我们的妻女被强奸

我们没有了镰刀与锄头

只有背上了子弹与枪炮

我们要用闪光的刺刀

抢回我们的田地

回到我们的家乡

消灭我们的敌人

敌人的脚踏到哪里

敌人的血流到哪里……

…………

一！二！三！四！

一！二！三！四！

…………"

这真是何等的奇遇啊……

❶对比

突出了敌人的残忍与恶毒，表现了士兵们要用武器消灭敌人的决心。

✒读书笔记

八　今天

今天
奔走在太阳的路上
我不再垂着头
　把手插在裤袋里了
嘴也不再吹那寂寞的口哨
不看天边的流云
不彷徨在人行道

今天
在太阳照着的人群当中
我决不专心寻觅
那些像我自己一样惨愁的脸孔了

① 今天
太阳吻着我昨夜流过泪的脸颊
吻着我被人世间的丑恶厌倦了的眼睛
吻着我为正义喊哑了声音的嘴唇
吻着我这未老先衰的
啊！快要佝偻了的背脊

今天
我听见
太阳对我说
　"向我来
　从今天
　你应该快乐些呵……"

于是
被这新生的日子所蛊惑

❶排比
　　写出了诗人的忧伤和痛苦，说明他与危难重重的民族血肉相连，表明他是一个热忱的爱国主义者。

✒读书笔记

① 我欢喜清晨郊外的军号的悠远的声音

我欢喜拥挤在忙乱的人丛里

我欢喜从街头敲打过去的锣鼓的声音

我欢喜马戏班的演技

　　当我看见了那些原始的，粗暴的，健康的运动

　　我会深深地爱着它们

　　——像我深深地爱着太阳一样

今天

我感谢太阳

太阳召回了我的童年了

❶排比⋯⋯⋯⋯⋯

　　诗人在太阳的照耀下，犹如重生一般，欢喜而昂奋，期盼着光明的到来。

九　我向太阳

我奔驰

依旧乘着热情的轮子

太阳在我的头上

用不能再比这更强烈的光芒

燃灼着我的肉体

由于它的热力的鼓舞

我用嘶哑的声音

歌唱了：

　　"于是，我的心胸

　　被火焰之手撕开

　　陈腐的灵魂

　　搁弃在河畔……"

这时候

我对我所看见　所听见

② 感到了从未有过的宽怀与热爱

我甚至想在这光明的际会中死去……

　　　　　　　　　　　一九三八年四月　武昌

❷直抒胸臆⋯⋯⋯⋯

　　诗人情不自禁地抒发出自己真诚的感激，表明了他为了期盼已久的光明的到来，甘心献出自己的生命。

精华赏析

　　这首《向太阳》一共有四百余行，是30年代艾青所写的最长的一首诗。从结构上来说，它由九个各自独立又前后呼应的章节组成，描写了许多不同的场景和人物。本诗始终以第一人称"我"的情感作为整首诗的主线和命脉。可以说，《向太阳》是一首史诗，它不是理念的历史，而是有血有泪的颤动着的历史。

延伸思考

1.《向太阳》一共有几章？

2.诗人表达了自己怎样的情感变化？

3.为什么称它为抗日战争时期重要的优秀诗篇？

相关链接

　　写《向太阳》这首诗时，武汉作为抗日民族解放战争的一个重镇，正掀起一场轰轰烈烈的保卫大武汉的群众性活动。艾青也立刻全身心地投入了活动之中，心中的激情与创作欲求连同现实结合的强度一下子达到了燃烧的程度。因此诗人长期在心中郁结的感情犹如万颗火种燃爆了起来：漫长曲折的人生道路上奔波的疲累以及痛苦的回忆，苦难中执着不渝的追求，跟随诗人的热泪和血液，一并喷发而出。

我爱这土地

名师导读

《我爱这土地》是艾青许多脍炙人口的优美诗篇中的一篇，创作于抗战初期，是借土地抒发诗人情绪的代表之作。

① 假如我是一只鸟，
我也应该用嘶哑的喉咙歌唱：
这被暴风雨所打击着的土地，
这永远汹涌着我们的悲愤的河流，
这无止息地吹刮着的激怒的风，
和那来自林间的无比温柔的黎明……
——然后我死了，
连羽毛也腐烂在土地里面。

② 为什么我的眼里常含泪水？
因为我对这土地爱得深沉……

一九三八年十一月十七日

❶悬念

通过一个出人意料的假设开头，引起读者疑问："鸟"的形象和作者所要歌颂的"土地"有怎样的联系呢？

❷设问

诗句中交织着忧郁悲怆的情怀，这是内心敏感的诗人对民族苦难现实和人民悲苦生活的感触，是热切的感情之反映。

精华赏析

这首诗的最后两句是全诗的精华，在当时那个年代下，吐出了爱国知识分子对祖国最真挚的赤子之心。这种对祖国的爱刻骨铭心，不仅是诗人内心深处，而且是全民族普遍的爱国情绪的浓缩。整首诗回荡着忧郁的情调，郁积着深深的忧伤。"土地"象征着生他养他而又多灾多难的祖国，所以"土地"凝聚了艾青对祖国和人民最深沉的爱，对民族危难和人民疾苦的深深忧愤。

延伸思考

1.为什么"我的眼里常含泪水"？

2."土地""河流""风""黎明"分别有什么含义？

3.诗句"——然后我死了，连羽毛也腐烂在土地里面"表达了诗人怎样的思想感情？

相关链接

现代诗歌是指从五四运动到中华人民共和国成立以来的诗歌。"现代诗"这个名称开始使用于1953年纪弦创立"现代诗社"时。"五四"新文化运动时期诞生了中国近现代诗歌的主体——新诗。这种新诗是适应时代的需要，通过接近群众的白话语言来反映现实生活，表现科学民主的革命内容，打破旧体诗格律形式束缚为主要标志。新诗不注重外部形式的押韵，而是强调内部诗情的节奏韵律。

吹号者

现在我们很少能听到号声了。在过去，号声与人的生命、灵魂和命运有着特殊而亲密的联系。读完这篇《吹号者》，你的内心一定会有所震撼。

好像曾经听到人家说过，吹号者的命运是悲苦的，当他用自己的呼吸磨擦了号角的铜皮使号角发出声响的时候，常常有细到看不见的血丝，随着号声飞出来……

吹号者的脸常常是苍黄的……

一

在那些蜷卧在铺散着稻草的地面上的
　　困倦的人群里，
在那些穿着灰布衣服的污秽的人群里，
①他最先醒来——
他醒来显得如此突兀
每天都好像被惊醒似的，
是的，他是被惊醒的，
惊醒他的

❶反复

"惊醒"这个词语在此处重复了三次，加深了我们对"最先醒来"的吹号者每天被黎明的车轮的滚动声惊醒的印象。

注释

号角：古时军队中传达命令的管乐器，后泛指喇叭一类的东西。

是黎明所乘的车辆的轮子
滚在天边的声音。

他睁开了眼睛，
在通宵不熄的微弱的灯光里
他看见了那挂在身边的号角，
他困惑地凝视着它
好像那些刚从睡眠中醒来
第一眼就看见自己心爱的恋人的人
一样欢喜——
在生活注定给他的日子当中
他不能不爱他的号角；

❶比拟

　　写号角的美
也是从吹号者眼
中来写，突出了
吹号者对号角的
无比热爱。

① 号角是美的——
它的通身
发着健康的光彩，
它的颈上
结着绯红的流苏。

吹号者从铺散着稻草的地面上起来了，
他不埋怨自己是睡在如此潮湿的泥地上，
他轻捷地绑好了裹腿，
他用冰冷的水洗过了脸，
他看着那些发出困乏的鼾声的同伴，
于是他伸手携去了他的号角；
门外依然是一片黝黑，
黎明没有到来，
那惊醒他的
是他自己对于黎明的

过于殷切的想望。

他走上了山坡，

在那山坡上伫立了很久，

终于他看见这每天都显现的奇迹：

① 黑夜收敛起她那神秘的帷幔，

群星倦了，一颗颗的散去……

黎明——这时间的新嫁娘啊

乘上有金色轮子的车辆

从天的那边到来……

我们的世界为了迎接她，

已在东方张挂了万丈的曙光……

看，

天地间在举行着最隆重的典礼……

❶比拟

诗人用丰富的想象、动人的语言，写出了空间感，勾画了一幅诗意动人的画面。黎明就在这美妙的时刻来了。

二

现在他开始了，

站在蓝得透明的天穹的下面，

他开始以原野给他的清新的呼吸

② 吹送到号角里去，

——也夹带着纤细的血丝么？

使号角由于感激

以清新的声响还给原野，

——他以对于丰美的黎明的倾慕

吹起了起身号，

那声响流荡得多么辽远啊……

❷疑问

诗人此处再次提到"夹带着纤细的血丝"，表现了吹号者崇高的感情，使我们为之感动。

天穹：从地球表面上看，像半个球面似的覆盖着大地的天空。

世界上的一切，
充溢着欢愉
承受了这号角的召唤……

❶排比

渲染出号声的嘹亮。

① 林子醒了
传出一阵阵鸟雀的喧吵，
河流醒了
召引着马群去饮水，
村野醒了
农妇匆忙的从堤岸上走过，
旷场醒了
穿着灰布衣服的人群
从披着晨曦的破屋中出来，
拥挤着又排列着……

读书笔记

于是，他离开了山坡，
又把自己消失到那
无数的灰色的行列中去。
他吹过了吃饭号，
又吹过了集合号，
而当太阳以轰响的光彩
辉煌了整个天穹的时候，
他以催促的热情
吹出了出发号。

❷排比

道路的远而难行实则突出表现了战士们行进中的辛苦，不知走了多少路。

三

② 那道路
是一直伸向永远没有止点的天边去的，
那道路

是以成万人的脚踩踏着

成千的车轮滚碾着的泥泞铺成的，

那道路

连结着一个村庄又连结一个村庄，

那道路

爬过了一个土坡又爬过一个土坡，

而现在

太阳给那道路镀上了黄金了，

而我们的吹号者

在阳光照着的长长的队伍的最前面，

以行进号

给前进着的步伐

做了优美的拍节……

四

灰色的人群

散布在广阔的原野上，

今日的原野呵，

已用展向无限去的暗绿的苗草

给我们布置成庄严的祭坛了：

① 听，震耳的巨响

响在天边，

我们呼吸着泥土与草混合着的香味，

却也呼吸着来自远方的烟火的气息，

我们蛰伏在战壕里，

沉默而严肃的期待着一个命令，

像临盆的产妇

痛楚地期待着一个婴儿的诞生，

我们的心胸

❶场面描写

描写了战斗的场面，战士们在这时代安排中，早已把生死置之度外，歌颂了战士们的高尚品格。

从来未曾有像今天这样的充溢着爱情，

在时代安排给我们的

——也是自己预定给自己的

生命之终极的日子里，

我们没有一个不是以圣洁的意志

准备着获取在战斗中死去的光荣啊！

五

于是，惨酷的战斗开始了——

无数千万的战士

在闪光的惊觉中跃出了战壕，

广大的，激剧的奔跑

威胁着敌人的向前移动……

在震撼天地的冲杀声里，

在决不回头的一致的步伐里，

在狂流般奔涌着的人群里，

在紧密的连续的爆炸声里，

我们的吹号者

以生命所给与他的鼓舞，

一面奔跑，一面吹出了那

短促的，急迫的，激昂的，

在死亡之前决不中止的冲锋号，

那声音高过了一切，

又比一切都美丽，

正当他由于一种不能闪避的启示

任情的吐出胜利的祝祷的时候，

① 他被一颗旋转过他的心胸的子弹打中了！

他寂然地倒下去

没有一个人曾看见他倒下去，

❶意象

悲壮的情感此刻升华到了圣洁的境界。诗人用淳厚的笔触为吹号者的牺牲写下了一曲高昂的哀歌。吹号者直到"被一颗旋转过他的心胸的子弹打中了"才寂然地倒下，然而号声并没有中止，描写得壮丽无比。

他倒在那直到最后一刻
　　都深深的爱着的土地上，
然而，他的手
却依然紧紧的握着那号角；

在那号角滑溜的铜皮上，
映出了死者的血
和他的惨白的面容；
也映出了永远奔跑不完的
　　带着射击前进的人群，
　　和嘶鸣的马匹，
　　和隆隆的车辆……
而太阳，太阳
使那号角射出闪闪的光芒……

① 听啊，
那号角好像依然在响……

一九三九年三月末

❶象征

诗的结尾使吹号者和映着血与阳光的号角得到了永生，吹号者的精神将继续延续下去。

精华赏析

　　这首诗为我们在中国历史的广场上塑立了一个吹号者和浸濡着血迹的铜号的形象，使今天的我们，依然能清晰地听到那曾经唤醒并激励整个民族奋勇前进的号声。这首诗从始到终都充溢着强大的回荡不绝的激情，这正是吹号者和号声所具备的生命特征的体现。

延伸思考

1.艾青在引子中说"吹号者的命运是悲苦的",你怎样理解?

2.读完这首诗,你有何感触?

3.这首诗在创作上有何艺术特点?

相关链接

  在战争年代里,一个部队绝不可少的圣物就是号角和军旗。号角总是充满生命的渴望与激情,并伴随着号声的节奏汇成不可阻挡的旋律。吹号者也总是挺立在高处,目光炯炯、全神贯注吹响号角,异常庄严。

他死在第二次

名师导读

　　士兵，是一个光荣的名称，他们身上被赋予着光荣的使命。这首《他死在第二次》是艾青对一个无名士兵的祭歌。

一　异床

等他醒来时
他已睡在异床上
他知道自己还活着
两个弟兄抬着他
他们都不说话

① 天气冻结在寒风里
云低沉而移动
风静默地摆动树梢
他们急速地
抬着异床
穿过冬日的林子

经过了烧灼的急剧的痛楚

❶ 情景交融

　　诗人把景色描写与"他"的内心变化交织在一起，这种情景交融的写法为我们营造了一种肃杀的氛围。

他的心现在已安静了
像刚经过了可怕的恶斗的战场
现在也已安静了一样
① 然而他的血
从他的臂上渗透了绷纱布
依然一滴一滴的
淋滴在祖国的冬季的路上

就在当天晚上
朝向和他的舁床相反的方向
那比以前更大十倍的庄严的行列
以万人的脚步
擦去了他的血滴所留下的紫红的斑迹

❶细节描写⋯⋯⋯
诗人将此情境刻画得十分真切，营造了一种沉闷的凝聚着悲壮的氛围。同时表明伤员流了很多血。

二　医院

✎读书笔记

我们的枪哪儿去了呢
还有我们的涂满血渍的衣服呢
另外的弟兄戴上我们的钢盔
我们穿上了绣有红十字的棉衣
我们躺着又躺着
看着无数的被金属的溶液
和瓦斯的毒气所啮蚀过的肉体
每个都以疑惧的深黑的眼
和连续不止的呻吟
迎送着无数的日子
像迎送着黑色棺材的行列
在我们这里
没有谁的痛苦
会比谁少些的

大家都以仅有的生命

为了抵挡敌人的进攻

迎接了酷烈的射击——

我们都曾把自己的血

流洒在我们所守卫的地方啊……

但今天，我们是躺着又躺着

人们说这是我们的光荣

我们却不要这样啊

① 我们躺着，心中怀念着战场

比怀念自己生长的村庄更亲切

我们依然欢喜在

烽火中奔驰前进呵

而我们，今天，我们

竟像一只被捆绑了的野兽

呻吟在铁床上

——我们痛苦着，期待着

要到何时呢?

❶比喻

写出了受伤战士躺在病床上怀念战场，期待着再次在烽火中奔驰前进的情景。

三　手

② 每天在一定的时候到来

那女护士穿着白衣，戴着白帽

无言的走出去又走进来

解开负伤者的伤口的绷纱布

轻轻的扯去药水棉花

从伤口洗去发臭的脓与血

纤细的手指是那么轻巧

我们不会有这样的妻子

我们的姊妹也不是这样的

洗去了脓与血又把伤口包扎

❷场景描写

描写了一个女护士为伤员换药的场景。此处对女护士的穿戴、动作、手指，做了细致描写。

读书笔记

那么轻巧，都用她的十个手指

都用她那纤细洁白的手指

在那十个手指的某一个上闪着金光

那金光晃动在我们的伤口

也晃动在我们的心的某个角落……

她走了仍是无言的

她无言的走了后我看着自己的一只手

这是曾经拿过锄头又举过枪的手

为劳作磨成笨拙而又粗糙的手

现在却无力的搁在胸前

长在负了伤的臂上的手啊

看着自己的手也看着她的手

① 想着又苦恼着

苦恼着又想着，

究竟是什么缘分啊

这两种手竟也被搁在一起?

❶ 反复、疑问
描述了病床上的伤员心里的所思所想。

四　愈合

时间在空虚里过去

② 他走出了医院

像一个囚犯走出了牢监

身上也脱去笨重的棉衣

换上单薄的灰布制服

前襟依然绣着一个红色的十字

自由，阳光，世界已走到了春天

无数的人们在街上

使他感到陌生而又亲切啊

太阳强烈地照在街上

从长期的沉睡中惊醒的

❷ 比喻
体现了"他"在医院的无奈与难熬状态。

生命，在光辉里跃动

人们匆忙的走过

只有他仍是如此困倦

谁都不曾看见他——

① 一个伤兵，今天他的创口

已愈合了，他欢喜

但他更严重的知道

这愈合所含有的更深的意义

只有此刻他才觉得

自己是一个兵士

一个兵士必须在战争中受伤

伤好了必须再去参加战争

他想着又走着

步伐显得多么不自然啊

他的脸色很难看

人们走着，谁都不曾

看见他脸上的一片痛苦啊

② 只有太阳，从电杆顶上

伸下闪光的手指

抚慰着他的惨黄的脸

那在痛苦里微笑着的脸……

五　姿态

他披着有红十字的灰布衣服

让两襟摊开着，让两袖悬挂着

他走在夜的城市的宽直的大街上

他走在使他感到陶醉的城市的大街上

四周喧腾的声音，人群的声音

车辆的声音，喇叭和警笛的声音

❶心理描写

　　一个士兵深知自己身上所肩负的使命，正如诗中所写"他更严重的知道／这愈合所含有的更深的意义"。

❷比拟

　　伤员心中的痛楚无人看出，只有太阳来"抚慰"他，这里营造了一种凄苦的氛围。

在紧迫的拥挤着他，推动着他，刺激着他，

在那些平坦的人行道上

在那些炫目的电光下

在那些滑溜的柏油路上

在那些新式汽车的行列的旁边

在那些穿着艳服的女人面前

他显得多么褴褛啊

而他却似乎突然想把脚步放宽些

（因为他今天穿有光荣的袍子）

他觉得他是应该

以这样的姿态走在世界上的

也只有和他一样的人才应该

以这样的姿态走在世界上的

然而，当他觉得这样的走着

——昂着头，披着灰布的制服，跨着大步

感到人们的眼都在看着他的脚步时

他的浴在电光里的脸

却又羞愧的红起来了

为的是怕那些人们

已猜到了他心中的秘密——

其实人家并不曾注意到他啊

六　田野

这是一个晴朗的日子

他向田野走去

像有什么向他召呼似的

袍子：中式的长衣服。

今天，他的脚踏在

田堤的温软的泥土上

使他感到莫名的欢喜

他脱下鞋子

把脚浸到浅水沟里

又用手拍弄着流水

多久了——他生活在

由符号所支配的日子

而他的未来的日子

也将由符号去支配

但今天，他必须再在田野上

就算最后一次也罢

找寻那像在向他召呼的东西

那东西他自己也不晓得是什么

① 他看见了水田

他看见一个农夫

他看见了耕牛

一切都一样啊

到处都一样啊

——人们说这是中国

树是绿了，地上长满了草

那些泥墙，更远的地方

那些瓦屋，人们走着

——他想起人们说这是中国

他走着，他走着

这是什么日子呀

② 他竟这样愚蠢而快乐

年节里也没有这样快乐呀

❶场景描写 ⋯⋯⋯⋯
　　表明祖国的美好就是伤员心中所期盼的。

❷心理描写 ⋯⋯⋯⋯
　　伤员感受到生活的美好，这样的日子使他感到无比快乐。

一切都在闪着光辉

到处都在闪着光辉

他向那正在忙碌的农夫笑

他自己也不晓得为什么笑

农夫也没有看见他的笑

七　一瞥

沿着那伸展到城郊去的

林荫路，他在浓蓝的阴影里走着

避开刺眼的阳光，在阴暗里

他看见：那些马车，轻快的

滚过，里面坐着一些

穿得那么整齐的男女青年

从他们的嘴里飘出笑声

和使他不安的响亮的谈话

他走着，像一个衰惫的老人

慢慢的，他走近一个公园

在公园的进口的地方

在那大理石的拱门的脚旁

① 他看见：一个残废了的兵士

他的心突然被一种感觉所惊醒

于是他想着：或许这残废的弟兄

比大家都更英勇，或许

他也曾愿望自己葬身在战场

但现在，他必须躺着呻吟着

呻吟着又躺着

过他生命的残年

啊，谁能忍心看这样子

谁看了心中也要烧起了仇恨

读书笔记

让我们再去战争吧

让我们在战争中愉快地死去

却不要让我们只剩了一条腿回来

哭泣在众人的面前

伸着污秽的饥饿的手

求乞同情的施舍啊!

八　递换

📖读书笔记

他脱去了那绣有红十字的灰布制服

又穿上了几个月之前的草绿色的军装

那军装的血渍到哪儿去了呢

而那被子弹穿破的地方也已经缝补过了

他穿着它，心中起了一阵激动

这激动比他初入伍时的更深沉

他好像觉得这军装和那有红十字的制服

有着一种永远拉不开的联系似的

他们将永远穿着它们，递换着它们

是的，递换着它们，这是应该的

① 一个兵士，在自己的

祖国解放的战争没有结束之前

这两种制服是他生命的旗帜

这样的旗帜应该激剧的

飘动在被践踏的祖国的土地上……

❶象征

士兵的光荣使命就是为祖国的解放而战，所以制服也象征着士兵生命的旗帜，应该在战场上飘动。

九　欢送

② 以接连不断的爆竹声作为引导

以使整个街衢都激动的号角声作为引导

以挤集在长街两旁的群众的呼声作为引导

让我们走在众人的愿望所铺成的道上吧

❷反复

写出了群众对战士们充满敬意与爱戴，欢送战士们奔赴战场，为国杀敌。

让我们走在从今日的世界到明日的世界的道上吧
让我们走在那每个未来者都将以感激来追忆的
　道上吧
我们的胸膛高挺
我们的步伐齐整
我们在人群所砌成的短墙中间走过
我们在自信与骄傲的中间走过
我们的心除了光荣不再想起什么
我们除了追踪光荣不再想起什么
我们除了为追踪光荣而欣然赴死不再
　想起什么……

一〇　一念

你曾否知道
死是什么东西？
——活着，死去，
虫与花草
也在生命的蜕变中蜕化着……
这里面，你所能想起的
是什么呢？
当兵，不错，
把生命交给了战争
死在河畔！
死在旷野！
冷露凝冻了我们的胸膛
尸体腐烂在野草丛里
多少年代了
人类用自己的生命
肥沃了土地

又用土地养育了

自己的生命

谁能逃避这自然的规律

——那么，我们为这而死

又有什么不应该呢？

背上了枪

摇摇摆摆地走在长长的行列中

你们的心不是也常常被那

比爱情更强烈的什么东西所苦恼吗？

当你们一天出发了，走向战场

你们不是也常常

觉得自己曾是生活着，

而现在却应该去死

——这死就为了

那无数的未来者

能比自己生活得幸福么？

一切的光荣

一切的赞歌

又有什么用呢？

① 假如我们不曾想起

我们是死在自己圣洁的志愿里？

——而这，竟也是如此不可违反的

民族的伟大的意志呢？

一一 挺进

② 挺进啊，勇敢啊

上起刺刀吧，兄弟们

把千万颗心紧束在

同一的意志里：

❶疑问

这是诗人对人生价值所做的一些思考，肯定了自己对人生价值的定位。

❷反复

"挺进啊，勇敢啊"，激励的口号在后面反复出现，这是诗人内心战斗的呐喊："为祖国的解放而斗争呀！"

为祖国的解放而斗争呀！

什么东西值得我们害怕呢——

当我们已经知道为战斗而死是光荣的？

挺进啊，勇敢啊

朝向炮火最浓密的地方

朝向喷射着子弹的堑壕

看，胆怯的敌人

已在我们驰奔直前的步伐声里颤抖了！

挺进啊，勇敢啊

屈辱与羞耻

是应该终结了——

❶直抒胸臆

只有战争胜利，才能挽救祖国，人们也才能过上自由幸福的生活，诗人从本质上解析了战争的意义。

① 我们要从敌人的手里

夺回祖国的命运

只有这神圣的战争

能带给我们自由与幸福……

挺进啊，勇敢啊

这光辉的日子

是我们所把握的！

我们的生命

必须在坚强不屈的斗争中

才能冲击奋发！

兄弟们，上起刺刀

勇敢啊，挺进啊！

注释

堑壕：在阵地前方挖掘的、修有射击掩体的壕沟，多为曲线形或折
　　线形。

一二　他倒下了

竟是那么迅速
不容许有片刻的考虑
和像电光般一闪的那惊问的时间
在燃烧着的子弹
第二次——也是最后一次呵——
穿过他的身体的时候
① 他的生命
曾经算是在世界上生活过来的
终于像一株
被大斧所砍伐的树似的倒下了

在他把从那里可以看着世界的窗子
那此刻是蒙上喜悦的泪水的眼睛
永远关闭了之前的一瞬间
他不能想起什么
——母亲死了
又没有他曾亲昵过的女人
一切都这么简单

② 一个兵士
不晓得更多的东西
他只晓得
他应该为这解放的战争而死
当他倒下了
他也只晓得
他所躺的是祖国的土地
——因为人们

读书笔记

❶比喻

　　一个生命就这样倒下了，"像一株／被大斧所砍伐的树似的倒下了"，道出了生命的短暂。

❷议论

　　诗人概括了一个士兵的命运，士兵单纯的信念——为解放战争而死，为祖国而死，歌咏了士兵的高尚品质。

那些比他懂得更多的人们
曾经如此告诉过他

不久，他的弟兄们
又去寻觅他
——这该是生命之最后一次的访谒
但这一次
他们所带的不再是异床
而是一把短柄的铁铲

也不曾经过选择
人们在他所守卫的
河岸不远的地方
挖掘了一条浅坑……

在那夹着春草的泥土
覆盖了他的尸体之后
他所遗留给世界的
是无数的星布在荒原上的
可怜的土堆中的一个
① 在那些土堆上
人们是从来不标出死者的名字的
——即使标出了
又有什么用呢？

一九三九年春末

📝 读书笔记

❶ 反问
　　诗人最后道出了这是一个无名英雄的坟墓，一个不知名字的为了民族解放而战死的士兵的坟墓。希望我们一代一代的读者向他深深地敬礼！

精华赏析

　　《他死在第二次》是一首叙事长诗，以第三人称来写，从整体到细节都是叙事性的。诗中详写了一名普通的无名字的士兵在抗日战争中从受伤到第二次奔赴前线战场战死的经过。诗人深层次地剖解了这名士兵的心理活动与感情变化，并有对战争和生命意义的感悟。歌颂了前线战士为了解放战争、为了祖国、为了人民自由幸福的生活而不怕牺牲的精神，这也是战争赋予士兵的使命。

延伸思考

　　1.这首诗从写作特点来说同艾青其他的叙事诗有什么不同之处？
　　2.诗人描写了士兵哪些心理和感情变化？
　　3.读了这首诗，你体会到了什么？

相关链接

　　抗日战争，简称抗战，是20世纪中期第二次世界大战中，中国展开的一场抵抗日本侵略的民族性的全面战争，世界上称为第二次中日战争或日本侵华战争。从1931年9月18日九一八事变开始，至1945年日本宣布投降结束，共经历了十四年。

桥

自从人类发明了桥，桥一直在各个领域发挥着巨大的作用。下面来欣赏艾青的这首《桥》，品读一下他对桥的理解。

读书笔记

当土地与土地被水分割了的时候，
当道路与道路被水截断了的时候，
智慧的人类伫立在水边：
于是产生了桥。

苦于跋涉的人类，
应该感谢桥啊。

❶排比、比喻……
　　排比诗句赞美了桥的作用。实际是诗人借桥赞美那些默默无闻，为社会做出巨大贡献的劳动者。

① 桥是土地与土地的联系；
桥是河流与道路的爱情；
桥是船只与车辆点头致敬的驿站；
桥是乘船者与步行者挥手告别的地方。

一九三九年秋

精华赏析

　　《桥》是一首简短的诗。读了这首诗，我们体会到诗人赞美桥，实际是赞美那些普普通通，默默无闻，为社会做出巨大贡献的劳动者。

延伸思考

1. 这首诗有什么意义？
2. 《桥》中的桥是一个什么样的形象？
3. 诗人赞美桥实际上想表达什么愿望？

相关链接

　　中国自古就有"桥的国度"之称，可以说是桥的故乡。桥在隋朝得到发展，兴盛于宋朝。桥遍布神州大地，编织成了四通八达的交通网络，使祖国的四面八方得到连接。从建筑艺术来看，我国古代桥梁有不少是世界桥梁史上的创举，是我国古代劳动人民智慧的结晶。中国四大古桥：广东的广济桥（湘子桥）、河北的赵州桥、北京的卢沟桥、福建的洛阳桥。

秋

秋天，是一个多雨的季节。诗人都喜欢写秋，写秋雨，往往在诗中渗透着自己淡淡的情绪。下面来一起欣赏艾青这篇《秋》。

❶铺陈

展开了一个秋天雨后田野的画面，引起下文。

> ① 雾的季节来了——
> 无厌止的雨又徘徊在
> 收割后的田野上……
> 那里，翻耕过的田亩的泥黑
> 与遗落的谷粒所长出的新苗的绿色
> 缀成了广大，阴暗，多变化的平面；
> 而深秋的访问者——无厌止的雨
> 就徘徊在它的上面……
> 人们都开始蛰伏到
> 那些浓黑的屋檐里去了；
> 只有两匹鬃毛已淋湿的褐色的马，
> 慢慢地走向地平线
> 搜索着田野的最后的绿色……

一九三九年秋　湖南

读书笔记

注释

屋檐：房檐。

精华赏析

这首诗，诗人两次写到了"无厌止的雨"，我们可以隐隐地觉察到诗人并不喜欢秋雨，整首诗中也有一种淡淡的忧郁、失落的情绪在里面。

延伸思考

1.诗人描写了秋天田野的什么景象？
2.读了这首诗，你感受到诗人怎样的情怀？
3.这首诗的写作特点是什么？

相关链接

秋季是一年四季中的第三季，是从炎热夏季到寒冷冬季的过渡季。秋季一共有6个节气，分别是立秋、处暑、白露、秋分、寒露、霜降。秋季的气温会慢慢下降，但是因为干湿状况的不同，在不同地区会出现阴冷多雨或干燥凉爽的天气状况。进入深秋，昼夜温差会加大，会出现露或霜现象。

秋 晨

名师导读

秋天的早晨，艾青来到桂林乡间，感慨乡村虽然贫穷，但当自己要
离开时却依旧留恋不舍，于是写下了《秋晨》。

凉爽的早晨
太阳刚升起来的早晨
可怜的乡村的早晨

❶景物描写

诗人描写了
一只白色眼圈的
小鸟。四句诗分
别从外貌、动作、
心理方面做了描
写，甚是入微。

① 一只白色眼圈的小鸟
站在低矮的房子的黑瓦上
像在想着什么似的
看着彩云满布的高空

秋天了
我来南方已一年了
此地没有热带的呼吸
看不见参天的椰子林
心里早已有难言的结郁
但今天，当我要离去时
我的心竟如此不安
——中国的乡村

✎ 读书笔记

96

① 虽然到处都一样贫穷、污秽、灰暗
但到处都一样的使我留恋

一九三九年九月　在桂林乡间

❶借景抒情
虽然中国的乡村"到处都一样贫穷、污秽、灰暗"，这是社会现实；"但到处都一样的使我留恋"，抒发了诗人热爱祖国的情怀。

精华赏析

这首诗写桂林乡间的早晨，一开始写太阳升起的凉爽的早晨，可怜的乡村的早晨，后写到了小鸟，营造了一种安静的氛围；接着借景抒情，表达了对此地的留恋，也表达了诗人热爱祖国的情怀。

延伸思考

1.这首诗抒发了诗人什么样的思想感情？
2.诗人为什么说"可怜的乡村的早晨"？
3."但到处都一样的使我留恋"表达了诗人什么样的情怀？

相关链接

南方的秋天跟北方不一样。南方空气湿润，天的颜色淡，只能感觉到一点清凉。南方秋天的季节特征不太明显，都是一些四季常青的植物。北方秋天则是烈的，而南方秋天只是一个"淡"字。

冬天的池沼

你们知道池沼吗？池沼就是池塘。冬天的池沼一定很荒芜吧，下面看看诗人是怎样写的。

冬天的池沼，
寂寞得像老人的心——
饱历了人世的辛酸的心；
冬天的池沼，
枯干得像老人的眼——
被劳苦磨失了光辉的眼；
冬天的池沼，
荒芜得像老人的发——
像霜草般稀疏而又灰白的发；
冬天的池沼，
阴郁得像一个悲哀的老人——
佝偻在阴郁的天幕下的老人。

一九四〇年一月十一日

读书笔记

98

精华赏析

这首诗在写一种景色，一种生存的环境。它采用生动传神的比喻，刻画了冬天的池沼的形象。这首诗写得很集中，紧紧围绕池沼而写，给读者勾勒了一幅苍凉的图画。这首诗写得深沉悲凉，表达了诗人面对冬天的池沼，内心深处在焦灼地期待着改变这种现象的情绪。

延伸思考

1. 整首诗用了几个比喻修辞？
2. 冬天的池沼分别像什么？
3. 这首诗表达了诗人什么样的思想感情？

相关链接

艾青的比喻有自己的特色。他通常避免一般化的、人们常用的比喻，而是追求鲜活、贴切、生动、表现力与感染力极强的比喻。艾青知识渊博，阅历丰富，聪明过人，因此，美妙的比喻通常被他轻而易举信手拈来，这也是他诗作的重要特色。

树

名师导读

　　诗人走在湖南新宁的旷野上，这有山有水、十分美丽的旷野将诗人吸引住了。一草一木都激发起诗人浓郁的诗情……或许这里的树有一种特殊的风姿吧！也或许此时此刻，诗人对这里的树有一种特殊的感情吧！

一棵树，一棵树
彼此孤离地兀立着
风与空气
告诉着它们的距离

① 但是在泥土的覆盖下
它们的根伸长着
在看不见的深处
它们把根须纠缠在一起

一九四〇年春

❶托物言志

　　"但是"这个转折，将读者的目光从地上转移到地下，这首诗的博大含义一下就明朗了。诗人告诉我们，别光看到树在地面上孤离地兀立，而树在地下的根是"纠缠在一起"的，这才是最重要的。

精华赏析

　　《树》这首诗篇幅很短，仅有八行，但是，这首诗却蕴含着巨大的深意。整首诗的结构非常清楚，前四句写树的地上景观，后四句写树的地下景观，这些都是树的生存景观。这首诗不单单写树的生存景观，而是在写一种社会的、人民的生存景观，反映了当时中华民族的一种生存状态和精神。

延伸思考

　　1. 这首诗表达了作者的什么思想？

　　2. 这首诗反映了怎样的社会现实？

　　3. 这首诗的结构特点是怎样的？

相关链接

　　1939年秋，艾青正生活在桂林，有人请他去湖南新宁县衡山乡村师范学校任教，做国文教员，他同意了。艾青来到这山水之间，此处的山山水水、一草一木好似都有灵性，诗人在这里获得了颇为丰厚的收获。《树》这首诗，就在这个时候产生了。

解　冻

名师导读

　　艾青从年轻的时候起就崇尚大自然，尊敬大自然。他对大自然有着深厚的情感。1940 年 1 月 27 日，他在湖南新宁写下了《解冻》这首诗，这是受到大自然的点拨，震荡起他内心的感受而写成的。

多少日子被严寒窒息着；

多少残留的生命，

在凝固着的地层里

发出了微弱的喘吁……

今天，接受了这温暖的抚慰，

① 一切冻结着的都苏醒了——

深山里的积雪呀，

溪涧里的冰层呀，

在这久别的阳光下

融化着，解裂着……

到处都润湿了，

到处都淋着水柱；

在这晴朗的早晨，

每一滴水

都得到了光明的召唤，

❶意象

　　将大自然解冻时的景象呈现在读者面前，使读者如见其容，如闻其声。

欣欣地潜入低洼处，

转过阴暗的角落，

沿着山脚

向平野奔流……

① 平野摊开着，

被由山峰所投下的黑影遮蔽着；

乌暗的土地，

铺盖着灰白的寒霜，

地面上浮起了一层白气，

它在向上升华着，升华着，

直到和那从群山的杂乱的岩石间

浮移着的云团混合在一起……

而太阳就从这些云团的缝隙

投下了金黄的光芒，

那些光芒不安定的

熠耀着平野边上的山峦，

和沿着山峦而曲折的江河。

于是

被从各处汇集拢来的水潮所冲激，

江水泛滥了——

它卷带着

从山顶崩下的雪堆，

和溪流里冲来的冰块，

互相拼击着，飘撞着，

发出碎裂的声音流荡着；

❶意境

诗人把解冻时地面上细微的变化描写得细致入微、生动鲜明，体现了诗人对大自然怀有一种特殊的感情。

🖋 读书笔记

🖋 读书笔记

注释

水潮：潮水。

那些波涛

喧嚷着，拥挤着，

① 好像它们

满怀兴奋与喜悦

一边捶打着朽腐的堤岸，

一边倾泻过辽阔的平原，

难于阻拦的前进着，

经过那枯褐的树林，

带着可怕的洪响，

淘涌到那

闪烁着阳光的远方去了……

一九四〇年元月二十七日　湖南

❶比拟

展现了波涛涌滚的壮观场面，让读者感到身临其境一般。

精华赏析

　　《解冻》这首诗，准确精细地描绘出了大自然解冻时的景象。诗人始终紧紧扣住解冻时各种事物的形态，非常形象地进行描述。诗中比拟修辞手法的运用，使诗句所展现的内容更加生动鲜活。这也是艾青的诗语言的魅力。

延伸思考

1.诗的开头四句在文中起什么作用？

2.诗人给读者展现了怎样一派解冻时的壮观景象？

3.这首诗在语言上有什么特点？

相关链接

　　对于诗来说，语言美是非常重要的。艾青对自己的语言要求是非常严格的，他竭力使自己的诗的语言更具体、更真切，让读者感到身临其境一般，可见诗人对诗的语言理解深刻。美的语言是诗之魅力的一个重要因素，晦涩难懂的语言并不代表写诗的人是高手，也并不表明这样的诗内涵深远。如何运用语言作出好诗，也不是一时半刻就能学会的，只有靠自己不断学习与细细体会。

火 把

名师导读

《火把》是一首叙事长诗，反映了当时抗日战争两年多群众抗日热情高涨的时代背景，下面一起来欣赏《火把》这首诗。

一 邀

"唐尼 时候到了
快点吧"

❶语言描写
表现了女生出门喜欢打扮一下，爱漂亮。

① "李茵
你坐下
我梳一梳头
换一换衣
⋯⋯⋯⋯⋯
你看我的头发
这么乱
　我的梳子
　哪儿去了？"

"你的梳子
刚才我看见的
它夹在《静静的顿河》里"

"啊 头发都打了结

以后我总不再打篮球了

……今天下午

我沿着那小河回来

看见河边搁着

一个淹死了的伤兵

涨着肚子没有人去理会

……今天我一定要倒霉"

① "唐尼 时候到了

快点吧"

"好，你别急

我换一换衣

——这制服又忘了烫

算了吧

反正在晚上

……李茵

你看我又胖了

这衣服真太紧

差点儿要挣破

前年在汉口

我也穿了这制服

参加游行的"

"快点吧 时候到了

别再说话"

注释

制服：军人、机关工作者、学生等穿戴的有规定式样的正式服装。

"李茵　你真急
我还要擦一擦脸
这油光真讨厌——"

❶语言描写·········
　　表现出李茵
对唐尼已经很不
耐烦了，并且突
出了李茵是一个
有心的姑娘。

① "你跑那边去找什么？
找什么？唐尼！
　　你的粉盒
　　　　压在《大众哲学》上
　　你的口红
　　　　躺在《论新阶段》一起。"

"李茵！"

"快点吧　唐尼
七点三刻了"

"好
我穿好鞋子马上跑
到八点集合
来得及"

读书笔记

"我的鞋拔呢？"

"在你哥哥的照像的旁边"

"啊　哥哥
假如你还活着
今晚上

你该多么快活！”

"唐尼
今晚上
你真美丽"

"李茵
你再说我不去了"

"你不去也好
留在家里可以睡觉"

"好了。走吧。
妈　你来把门闩上
今晚上
我很迟才回来"

（一个老迈的声音从里面传出）
"尼尼　孩子
今晚上天很黑
别忘了带电筒"

① "不要，妈
今晚上
我带火把回来"

❶语言描写
　　制造了一个悬念，引起读者的好奇与思考。

二　街上

"今夜的电灯好像
特别亮；你看那街上

❶夸张············
　　突出了街上的人多得出奇。

这么多人　这么多人!
① 好像被什么旋风刮出来的
哪儿来的这么多人?
这城市　哪儿来的
这么多人? 他们
都到哪儿去? 啊　是的
他们也去参加火炬游行……
那些工人　那些女工
那些店员　那些学生

❷场景描写·········
　　突出了当时游行的热闹场面。

② 那些壮丁　那些士兵
都来了　都来了
所有的人都来了
我们的校工也来了
我们的号兵也来了
那么多的旗　那么多的标语……
还有那些宣传画　那么大;
红的　白的　黄的　蓝的旗……
领袖们的肖像　被举在空中。
啊　看那边:还要多　还要多
他们跑起来了　都跑起来了,
有的赶不上了　落下了……
你看:那个黄脸的号兵
晃郎着号角气都喘不过来;
那些学生唱起歌来了:
　　起来
　　不愿做奴隶的人们……
他们跑得多么快啊
他们去远了　去远了……"

✏️读书笔记

"唐尼　时间到了

我们到公共体育场去集合吧

我们赶快

从这小巷赶上去！"

三　会场

"她们都到了　她们都到了

赖英的头上打了一个丝结

她们都到了　大家都到了

何慧芳的眼镜在发亮

大家都到了　连那些小的也来了

刘桃芬　康素琴　李娟

啊　你们都来了　我们迟了

我们迟了　我们是从小巷赶来的

台上的煤气灯

照得这会场像白天

① 你这制服哪儿做的？

同你的身体很合适

我的是前年在汉口做的

太紧了　小得叫人闷气

今晚倒还凉

　　　　　　毛英华

你的皮鞋擦得好亮

　　　　　　啊

那么多工人　那么多　你们看

每只手像一个木榔头

脸上是煤灰　像从烟囱里出来的

他们都瞪着眼在看什么？他们

都张着嘴在等什么？他们

❶语言描写·········
　　表明了唐尼
思想比较浅薄，
重视打扮。

都一动不动的在想什么？他们
朝我们这边看了　朝我们这边看了
① 那些眼睛像在发怒的
像在发怒的看着我们
啊　我真怕他们那些眼睛
　　　　　　　　　　这边

这边全是学生　全是
那个胖家伙跌了跤了
你们看：写信给彭菲灵的
就是他
　　　　写信给邓健的
也是他
　　　听说他的体重有两百零五磅
　　　　　　　　　　真可怕

② 这是什么学校的
蠢样子　个个都那么呆
那个打旗的像要哭出来
他们乱了　前面的踏着后面的脚
我们退后面一点　排好

　　　　　　　　李茵哪儿去了？
你看见李茵在哪里？
啊　看见了
　　　　　她和那抗宣队的在一起
为什么脸上显得那么忧愁
她又笑了　她来了……

❶ 语言描写 ·········

　　"眼睛像在发怒"表明煤炭工人心中燃烧着怒火。"啊　我真怕他们那些眼睛"突出了唐尼的柔弱以及对煤炭工人的不理解。

❷ 语言描写 ·········

　　可以看出唐尼对这次火把游行的意义并不了解，她内心对革命的觉悟不高。

注释

抗宣队：抗敌宣传队的简称。

李茵来！

我和你一起！

他们也来了　他也来了
①他为什么低着头　像在想着什么？
他也想什么？　那么困苦的想什么？
他抬起头了　他在找……
他看见了　但他又把头低下去
他为什么低着头　像在想着什么？

李茵　你在这里等一下
我去看看他

克明　我和你说几句话
克明　你好么？"

"我很好——
你有什么话
请快点说吧"

"我不是要来和你吵架
我问你：
我写了三封信给你　你为什么不理？"

"唐尼，这几天
我正在忙着筹备今夜的大会
而且你的信
只说你有点头痛
只说讨厌这天气

❶疑问

　　唐尼看到
"他"，对"他"
的状态感到不解，
说明唐尼思想比
较平庸。

✎读书笔记

✎读书笔记

对于这些事我有什么办法呢
而且我已不止劝过你一次……"

"而且
你正忙于交际呢！"

"什么意思？"

"这只有你自己最清楚。"

（人们在她和他之间走过
又用眼睛看看他们的脸）
"明天再好好谈吧
或者——我写一封长信给你
播音筒已在向台前说话"

（一个声音在空气中震动）
"开会！"

四　演说

❶比喻

　　此处"演说"
掀起了诗的高潮，
风暴般的呐喊，
使诗的激情犹如
瀑布一般直泻而
下。

煤油灯从台上
发光。演说的人站在台上
向千万只耳朵发出宣言。
① 他的嘴张开　声音从那里出来
他的手举起　又握成拳头

注释

煤油灯：煤油灯为电灯普及之前的主要照明工具，以煤油作为燃料。多为
　　　　玻璃质材，外形如细腰大肚的葫芦，上面是个形如张嘴蛤蟆的
　　　　灯头，灯头一侧有个可把灯芯调进调出的旋钮，以控制灯的亮度。

他的拳头猛烈的向下一击

嘴里的两个字一齐落下："打倒！"

他的眼睛在灯光下闪烁

像在搜索他所摹拟的敌人

他的声音慢慢提高

他的感情慢慢激昂

他的心像旷场一样阔宽

他的话像灯光一样发亮

无数的人群站在他的前面

无数的耳朵捕捉他的语言

这是钢的语言　矿石的语言

或许不是语言　是一个

铁锤拼打在铁砧上

也或许是一架发动机

在那儿震响　那声音的波动

在旷场的四周回荡

在这城市的夜空里回荡

① 这是电的照耀

这是火的煽动

这是煽起火焰的狂风

这是暴怒了的火焰

这是一种太沉重的捶击

每一下都捶在我们的心上

② 这是一阵雷从空中坠下

这是一阵暴风雨

吹刮过我们所站的旷场

这是一种可怕的预言

读书笔记

❶比喻、排比……
　　此处描写了浑重而有力度的演讲，震撼着每个听众的心灵，感染着公共体育场的每一个人。

❷比喻、排比……
　　写出了这次演讲的影响力与号召力，具有鼓舞人心的力量。

115

这是一种要把世界劈成两半的宣言
这是一种使旧世界流泪忏悔的力量

这不是语言　这是
一架发动机在鸣响
这是一个铁锤击落在铁砧上
这是矿石的声音
这是钢铁的声音
这声音像飓风
它要煽起使黑夜发抖的叛乱

听呵　这悠久而沉洪
喧闹而火烈的
群众的欢呼鼓掌的浪潮……

五　"给我一个火把"

火把从那里出来了
火把一个一个的出来了
数不清的火把从那边来了
美丽的火把
耀眼的火把
热情的火把
金色的火把
炽烈的火把
人们的脸在火光里
显得多么可爱
在这样的火光里
没有一个人的脸不是美丽的
① 火把愈来愈多了

❶反复、排比……
　　写出了火把非常多，形成了壮观的景象，突出了火把的美丽与光的力量。

读书笔记

愈来愈多了　愈来愈多了

火把已排成发光的队伍了

火把已流成红光的河流了

火光已射到我们这里来了

火光已射到我们的脸上了

你们的脸在火光里真美

你们的眼在火光里真亮

你们看我呀我一定也很美

我的眼一定也射出光彩

因为我的血流得很急

因为我的心里充满了欢喜

让我们跟着队伍走去

跟着队伍到那边去

到那火把出来的地方去

到那喷出火光的地方去

快些去　快些去　快去

去要一个火把……

① "给我一个火把！"

　"给我一个火把！"

　"给我一个火把！"

你们看

我这火把

亮得灼眼啊……

这是火的世界……

这是光的世界……

❶反复
　突出了每个人心中都渴望有一个火把。

六　火的出发

"火把的烈焰
赶走了黑夜"

把火把举起来
把火把举起来
把火把举起来
每个人都举起火把来
一个火把接着一个火把
无数的火把跟着火把走

慢慢的走整齐的走
一个紧随着一个
每个都把火把
举在自己的前面
让火光照亮我们的脸
① 照亮我们的
　　　　　　昨天是愁苦着
　　　　　　今天却狂喜着的脸
照亮我们的
　　　　　　每一个都像
　　　　　　基督一样严肃的脸
照亮我们的
　　　　　　昂起着的胸部
　　　　　　——那里面激荡着憎与爱的
　　　　　　血液
照亮我们的脚
　　　　　　即使脚踝流着血
　　　　　　也不停止前进的脚

读书笔记

❶反复

　　反复出现"照亮我们的",指照亮每一个参与火把游行的人,每个人的内心都激动无比。

让我们火把的光
① 照亮我们全体

　　　　没有任何的障碍
　　　　可以阻拦我们前进的全体
照亮我们这城市
和它的淌流过正直人的血的街
照亮我们的街
和它的两旁被炸弹所摧倒的房屋
照亮我们的房屋
和它的崩坍了的墙
和狼藉着的瓦砾堆

让我们的火把
照亮我们的群众
挤在街旁的数不清的群众
挤在屋檐下的群众
站满了广场的群众
让男的　女的　老的　小的
都以笑着的脸
迎接我们的火把

让我们的火把
叫出所有的人
叫他们到街上来
让今夜
这城市没有一个人留在家里

让所有的人
都来加入我们这火的队伍

❶排比

　　写出了火把的光的威力，火把的光把一切都照亮了，表明了人们对光明的渴望。

🖊️读书笔记

🖊️读书笔记

让卑怯的灵魂
腐朽的灵魂
发抖在我们火把的前面

让我们的火把
照出懦弱的脸
畏缩的脸

在我们火光的监视下
让犹大抬不起头来

让我们每个都做了普罗美修斯
从天上取了火逃向人间

❶呼告
描绘了火把的力量，将"黑夜摇坍下来"，象征着光明战胜黑暗。

① 让我们的火把的烈焰
把黑夜摇坍下来
把高高的黑夜摇坍下来
把黑夜一块一块的摇坍下来

把火把举起来
把火把举起来
把火把举起来
每个人都举起火把来

七　宣传卡车

❷外貌描写
描写了走狗的丑恶嘴脸，这是游行者扮演的几个角色。

② 那被绳子牵着的
是汉奸
　　那穿着长袍马褂

戴着瓜皮帽的
是操纵物价的奸商
⎵⎵⎵⎵⎵
　　　　那脸上涂了白粉
眉眼下垂　弯着红嘴的
是汪精卫
⎵⎵⎵
　　　　那女人似的笑着的
是汪精卫
⎵⎵⎵

那个鼻子下有一撮小胡子的
日本军官
　　　　搂着一个
中国农夫的女人
① 那个女人
像一头被捉住的母羊似的叫着又挣扎着
那军官的嘴
　　　　像饿了的狗看见了肉骨头似的
　　　　张开着
那个女人
　　　　伸出手给那军官一个巴掌
那个汪精卫
　　　　拉上了袖子
　　　　用手指指着那女人的鼻子
　　　　骂了几句
那个汪精卫
　　　　在那军官的前面跪下了
那个汪精卫
　　　　花旦似的
　　　　向那日本军官哭泣
那日本军官
　　　　拍拍他的头又摸摸他的脸

❶比喻⋯⋯⋯⋯⋯
　　写出了中国农夫的女人跟日本军官的不同表现。

❶动作描写 ………

　　展现了汪精卫与日本军官之间令人作呕的举止，这是对他们的嘲笑与讽刺。

✎**读书笔记**

_____

_____

_____

① 那个汪精卫
　　　　女人似的笑了
他起来坐在那军官的腿上
他给那军官摸摸须子
他把一只手环住了那军官的颈
他的另一只手拿了一块粉红色的手帕
他用那手帕给那军官的脸轻轻的抚摸
那军官的脸是被那女人打红了的
那军官就把他抱得紧紧的
那军官向那汪精卫要他手中的手帕
那军官在汪精卫涂了白粉的脸上香了一下
那汪精卫撒着娇
　　　　　把那手帕轻轻的在日本军官的前面抖着
那日本军官一手把那手帕抢了去
那手帕上是绣着一个秋海棠叶的图案的
那军官张开血红的嘴
　　　　大笑着　　大笑着
那军官从裤袋里摸几张钞票
给那个汪精卫
那军官拍拍他的脸
又用嘴再在那脸上香了一下

四个中国兵　走拢来　走拢来
用枪瞄准他们
瞄准那个日本军官　瞄准奸商　汉奸
　瞄准汪精卫
在四个兵一起的
　　　　是工人　农人　学生
他们一齐拥上去
　　　　把那些东西扭打在地上

连那个女人都伸出了拳头

那个农夫又给那个跪着求饶的汪精卫猛烈的一脚

那个学生向着街旁的群众举起了播音筒

"各位亲爱的同胞！我们抗战已经三年！

敌人愈打愈弱　我们愈打愈强

只要大家能坚持抗战！坚持团结！

反对妥协　肃清汉奸

动员民众　武装民众

最后的胜利一定属于我们！"

八　队伍

这队伍多么长啊　多么长

好像把这城市的所有的人都排列在里面

不　好像还要多　还要多

好像四面八方的人都已从远处赶来

好像云南　贵州　热河　察哈尔的都已赶来

好像东三省　蒙古　新疆　绥远的都已赶来

好像他们都约好今夜在这街上聚会

一起来排成队　看排起来有多么长

一起来呼喊　看叫起来有多么响

我们整齐的走着　整齐的喊

每人一个火把　举在自己的前面

融融的火光啊　一直冲到天上

把全世界的仇恨都燃烧起来

① 我们是火的队伍

我们是光的队伍

软弱的滚开　卑怯的滚开

让出路　让我们中国人走来

昏睡的滚开　打呵欠的滚开

❶比喻

诗人用"火"与"光"突出了大众的力量，人们内心的激情与动力被激发出来。

当心我们的脚踏上你们的背

滚开去——垂死者　苍白者

当心你们的耳膜　不要让它们震破

我们来了　举着火把　高呼着

用霹雳的巨响　惊醒沉睡的世界

我们是火的队伍

我们是光的队伍

人愈走愈多　队伍愈排愈长

声音愈叫愈响　火把愈烧愈亮

我们的脚踏过了每一条街每一条巷

我们火光搜索黑暗

把阴影驱赶

卫护我们前进

我们是火的队伍

我们是光的队伍

这队伍多么长啊　多么长

好像全中国的人都已排列在里面

我们走过了一条街又一条街

我们叫喊一阵又歌唱一阵

我们的声音和火光惊醒了一切

① 黑夜从这里逃遁了

哭泣在遥远的荒原

九　来

② 你们都来吧

❶比拟

"逃遁""哭泣"表现了黑夜的胆小与软弱，这表明火光战胜了黑夜，象征着光明战胜了黑暗。

❷反复

诗人反复说"你们都来吧　你们都来参加"，这是对大家的召唤，希望所有中国人都参与进来，为了光明而战。

你们都来参加
不论站在街旁
还是站在屋檐下

你们都来吧
你们都来参加
女人们也来
抱着小孩的也来

大家一起来
一起来参加
来喊口号　来游行
来举起火把

来喊口号　来游行
来举起融融的火把
把我们的愤怒叫出来
把我们的仇恨烧起来

一〇　散队

我们已走遍了这城市的东南西北
我们已走遍了这城市的大街小巷
"李茵　我们已到这么远的地方。
现在我们得回去　队伍散了……
但是　你看　那些人仍旧在呼唱
他们都已在兴奋里变成癫狂
每个人都激动了　全身的血在沸腾
李茵　刚才火把照着你狂叫着的嘴
我真害怕　好像这世界马上要爆开似的
好像一切都将摧毁　连摧毁者自己也摧毁"

"唐尼　你看见的么　我真激动
好像全身的郁气都借这呼叫舒出了
唐尼　你的脸　也很异样
告诉我　唐尼
当那洪流般的火把摆荡的时候
你曾想起了什么？看见了什么？"

"李茵　那真是一种奇迹——
① 当我看见那火把的洪流摆荡的时候
的确曾想起了一种东西
看见了一种东西
一种完全新的东西
我所陌生的东西……"

❶语言描写⋯⋯⋯
　　突出了唐尼
的思想正在发生
变化。

—— 他不在家

"真的　李茵
你见到克明么
在那些走在前面的队伍里
你见到克明么
那些学生没有一刻是安静的
他们把口号叫得那么响
又把火把举得那么高
他们每个都那么大　那么粗野
好像要把这长街
当做他们的运动场
火把照出他们的汗光
我真怕他们

✎读书笔记

....

....

....

....

他们好像已沿着这城墙走远……
但是　李茵
当队伍散开的时候
你见到克明么"

① "他一定从那石桥回去了
这里离他住的地方
不是只要转一个弯么
我陪你去看他"

一〇三
一〇五
一〇七号——到了

"打门吧
（TA！ TA！ TA！）
他不在家"

一二　一个声音在心里响

② "你在哪里？你在哪里？
这么大的地方哪儿去找你呢？
这么多的人怎能看到你呢？
这么杂乱的声音怎能叫你呢？

我举着火把来找你

你在哪里？你在哪里？
今夜多么美　你在哪里？
你在哪里？我的脸发烫

❶语言描写·········
　　唐尼一再问
李茵是否看到克
明，李茵决定跟
着唐尼去克明住
的地方看看。

❷疑问、反问······
　　这是唐尼心
里的呼唤，她找
不到心爱的男朋
友克明，心里十
分着急。

127

我的心发抖　你在哪里？

我举着火把来找你

你在哪里？你在哪里？
这么多人没有一个是你
这么多火把过去都没有你
这么多火光照着的脸都不是你

我举着火把来找你

我要看见你！我要看见你！
我要在火光里看见你……
我要用手指抚摸你的脸　你的发
我的这手指不能抚摸你一次么？

我举着火把来找你

无论如何　我要看见你啊
我要见你　听你一句话
只一句话：'爱与不爱'
你在哪里？你在哪里？"

一三　那是谁

"唐尼　他来了
从十字街口那边转弯
来了。克明来了
你看　前额上闪着汗光
他举着火把走来了……"

① "那是谁？那是谁？
和他一起走来的
那是谁？那穿了草绿色的裙装的
女子是谁？那头发短得像马鬃的
女子是谁？那大声的说着话的
又大声的笑着的女子是谁？
那走路时摇摆着身体的
女子是谁？那高高的挺起胸部的
女子是谁？

② 她在做什么？做什么？
她指手画脚的在做什么？
她在说什么？说什么？
她在和他大声的说着什么？
她在说什么？还是在辩论什么？
你听　她在说什么？那么响：

③ ‘目前——我们的
工作——开展……
主观上的弱点——
正在克服……
目前——我们
激烈的批判——
残留着的
小资产阶级的
劣根性……
以及——妨碍工作的
恋爱……
受到了无情的

❶反复
唐尼反复问"那是谁""女子是谁"，突出表现了她急于知道女子的身份。心爱的人跟另一个女子在一起，引起了唐尼的紧张与好奇。

❷疑问
道出了唐尼的好奇，这也表现了唐尼很爱克明，所以对他身边的女子格外在意。

❸语言描写
女子跟克明在谈论工作上的事情，对于妨碍革命工作的行为进行了批判，提到了小资产阶级的劣根性以及谈恋爱问题。

打击！
目前——我们的
工作——开展……'
他们走近来了……
他们走近来了……李茵——
我们——"

"唐尼　让我
向他们打招呼……"

"不要！
李茵　我头昏
我们从这小巷回去吧"

今夜　你们知道
谁的火把
最先熄灭了
又从那无力的手中
滑下？

一四　劝一

"唐尼　我在火光里
看见了你的眼泪
唐尼　这样的夜
你不感到兴奋么　唐尼
唐尼　你不应该
在大家都笑着的时候哭泣
唐尼　爱情并不能医治我们
却只有斗争才把我们救起　唐尼

你应该记起你的哥哥

才五六年　你应该能够记起

① 唐尼　不要太渴求幸福

当大家都痛苦的时候

个人的幸福是一种耻辱　唐尼

唐尼　只要我们眼睛一睁开

就看见血肉模糊的一团……

假如你还有热情　还有人性

你难道忍心一个人去享乐？

我们有太多的事情要做

你怎么应该哭　唐尼

你要尊敬你的哥哥

为了他而敛起眼泪

唐尼　你是他的妹妹

② 如你都忘了他

谁还能记得他呢

唐尼　坐下来

在这河边坐下来

让我好好和你说……"

"李茵

请把你的火把

吹熄吧"

"好的——

我有火柴

随时可以点着它"

❶ 语言描写········

李茵用深刻
而强有力的语言
劝导着唐尼，她
希望唐尼能够放
弃个人感情，投
入革命工作。

❷ 反问·················

李茵用唐尼
的哥哥来鼓励唐
尼，希望唐尼能
够从哥哥身上受
到启迪，重新振
作起来。

火柴：用细小的木条蘸上磷或硫的化合物制成的取火的东西。

❶语言描写··········
唐尼想在黑暗中冷静冷静，也不想让别人看到自己的悲伤难过的样子。

❷语言描写··········
李茵跟唐尼讲起了自己过去悲惨的遭遇。

✒ 读书笔记

----

❸语言描写··········
李茵讲述了自己内心的变化。

① "这样
倒舒服些……"

一五　劝二

"我还有好些事要告诉你……"
——《新约·约翰福音》十六章十二节
② "唐尼　现在让我告诉你
我也是哭泣过的　两年前
我曾爱过一个军官
我们一起过了美满的一个月
但他却把我玩了又抛掉了
我曾哭过一个星期
你知道　我是一个人
从沦陷了的家乡跑出来的

（几个人　举着火把
从她们前面过去……）

认识我的人们
在我幸福时
他们妒忌我
在我不幸时
他们嘲笑我
假如我没有勇气抵抗那些
冷酷的眼和恶毒的嘴
我早已自杀了

③ 但我很快就把心冷静下来

——我不怨他　我们这年头
谁能怨谁呢　我只是
拼命看书——我给你的那些书
都是那时买的。我变得很快
我很快就胖起来。完全像两个人
心里很愉快。我发现自己身上
好像有一种无穷的力。我非常
渴望工作。我热爱人生——

　　　（几个人举着火把过去）

① 生命应该是永远发出力量的机器
应该是一个从不停止前进的轮子
人生应该是
一种把自己贡献给群体的努力
一种个人与全体取得调协的努力
……我们应该宝贵生命
不要把生命荒废

　　　（几个人　举着火把
　　　从她们前面过去……）

我很乐观　因为感伤并不能
把我们的命运改变。唐尼
我工作得很紧张。
我参加了一个团体——
唱歌　演戏　上街贴标语
给伤兵换药　给难民写信
打扫轰炸后的街　缝慰劳袋

❶语言描写⋯⋯⋯⋯

　　表现了李茵对生命的深刻认识，她诠释了生命的本质、个人与群体之间的关系。

🖋读书笔记

我们的团体到过前线

我看见过血流成的小溪

看见过士兵的尸体堆成的小山

我知道了什么叫做'不幸'

足足有一年　我们

在轰炸　突围　夜行军中度过

我生过疥疮　生过疟疾　生过轮癣

我淋过雨　饿过肚子　在湿地上睡眠

但我无论如何苦都觉得快乐

① 同志们对我很好　我才知道

世界上有比家属更高的感情

❶ 语言描写

　　在革命队伍里，李茵感受到了大家庭的温暖。

那团体已被解散了　如今

大家都分散在不同的地方

唐尼　我正在打听他们的消息

我想挨过这学期——啊　那旅馆的

电灯一盏盏的熄了……

唐尼　请你记住这句话：

．．．．．．．．．．．．

只有反抗才是我们的真理

唐尼　克明现在不是很努力么

一个人变坏容易变好难

你如果真的爱他　难道

应该去阻碍他么？

　　　　　　　唐尼

你是不是真的欢喜他呢？

你欢喜他那样的白脸么？……"

读书笔记

一六　忏悔一

① "不要谈起这些吧……
李茵　你的话我懂得。
我感谢你——没有人
曾像你这样帮助过我
李茵　我会好起来的

　　　（几个人　举着火把
　　　从她们前面过去……）

本来　一个商人的女儿
会有什么希望呢?
而且我是在鸦片烟床上
长大的。五年前
我的父亲就要把我许给
一个经理的儿子。那时
我的哥哥刚死了半年。
我只知道哭。母亲和他吵,
过了几个月　他也死了。
他两个死了后
我家里就不再有快乐了。

前年九月底　我和母亲
从汉口出来　在难民船上
认识了克明　他很殷勤
……不要说起这些吧
这都是我太年轻……
这都是我太安闲……
李茵　② 年轻人的敌人是

❶语言描写

　　表现了李茵的话起了作用,唐尼开始变得坚强。

🖋 读书笔记

🖋 读书笔记

❷比喻

　　唐尼的思想有了转变,开始认识到自己的错误。

幻想——它用虹一样的光彩

和皂泡一样的虚幻来迷惑你

我就是这样被迷惑的一个……

（几个人 举着火把

从她们前面过去……）

❶ 语言描写

唐尼在这一夜真的变了，她深深地思考着，清醒地看到了自我。

① 李茵 这一夜

我懂得这许多

这一夜 我好像很清醒

我看见了许多 我更看见了

我自己——这是我从来都不曾看见过的

我来在世界上已经十九个春天

这些年 每到春天 我便

常常流泪 我不知我自己

是怎么会到世界上来的

今天以前 我看这世界

随时都好像要翻过来

什么都好像要突然没有了似的

一个日子带给我一次悸动

❷ 语言描写

唐尼知道她以前的想法错了。

② 生活是一张空虚的网

张开着要把我捕捉

所以我渴求着一种友谊

我将为它而感激一生……

我把它看做一辆车子

使我平安地走过

生命的长途

我知道我是错了……"

（几个人　举着火把

唱着歌

从她们前面过去……）

① "唐尼　不要太信任'友谊'二个字

而且　你说的'友谊'也不会在恋爱中得到

不要把恋爱看得太神秘

现代的恋爱

女子把男子看做肉体的顾客

男子把女子看做欢乐的商店

现代的恋爱

是一个异性占有的遁词

是一个'色情'的同义语。"

❶语言描写
李茵赤裸裸地道出了恋爱的本质。

一七　忏悔二

"李茵

这世界太可怕了——

完全像屠场！

贪婪和自私

统治这世界

直到何时呢？"

② "唐尼

人类会有光明的一天

'一切都将改变'

那日子已在不远

只要我们有勇气走上去

你的哥哥就是我们的先驱……"

❷语言描写
李茵相信"人类会有光明的一天"，这表明她内心充满信心，突出了她革命思想比较坚定。

注释

屠场：1.指大规模宰杀牲畜的地方。2.喻刑场。

"我的哥哥是那么勇敢

他以自己的信仰决定一切

离开了家　在北方流浪

好几年都没有消息

连被捕时也没有信给家里

他是死在牢狱里的……

❶语言描写⋯⋯⋯

　　唐尼想到了
自己为革命牺牲
的哥哥，哥哥的
勇敢使她认识到
自己太软弱了。

① 而我

我太软弱了

　　（十几个人　每人举着火把

　　粗暴地唱着歌

　　从她们的前面过去……）

读书笔记

这时代

不容许软弱的存在

这时代

需要的是坚强

需要的是铁和钢

而我——可怜的唐尼

除了天真与纯洁

还有什么呢？

❷语言描写⋯⋯⋯

　　突出了唐尼
内心的软弱。

② 我的存在

像一株草

我从来不敢把'希望'

压在自己的身上

这时代
像一阵暴风雨
我在窗口
看着它就发抖
这时代
伟大得像一座高山
而我以为我的脚
和我的胆量
是不能越过它的

但是　李茵　我的好朋友
我会好起来
李茵
你是我的火把
我的光明
——这阴暗的角落
除了你
从没有人来照射
李茵　我发誓
经了这一夜　我会坚强起来的

李茵
假如我还有眼泪
让我为了忏悔和羞耻
而流光它吧

①李茵
——我怎么应该堕落呢
假如我不能变好起来

❶语言描写
　　唐尼决定要变好，并表明了她的决心。

我愿意你用鞭子来打我
用石头来钉我！"

"唐尼
天真是没有罪过的。
我们认识虽只半年
但我却比你自己更多的了解你
我看见了'危险'
已隐伏在你的前面。
它已向你打开黑暗的门
欢迎你进去
不，从你身上我看见了我自己
看见了全中国的姊妹
——我背几句诗给你：

①　命运有三条艰苦的道路
第一条　同奴隶结婚
第二条　做奴隶儿子的母亲
第三条　直到死做个奴隶
所有这些严酷的命运
罩住俄罗斯土地上的女人

我们是中国的女人
比俄国的更不如
我们从来没有勇气
改变我们自己的命运
难道我们永远不要改变么？
自己不改变　谁来给我们改变呢？

（在黑暗的深处
有几个女人过去
她们用歌声

❶引用
李茵希望唐尼不要做奴隶，要做一个能掌握自己命运的人，做自主的女人。

撕裂了黑夜的苍穹：

      '感受不自由莫大痛苦

      你光荣的生命牺牲

      在我们艰苦的斗争中

      英勇的抛弃了头颅……'）

这一定是演剧队的那些女演员……

这声音真美……

唐尼 时候不早

我们该回去了"

"好。李茵

今晚我真清醒

今晚我真高兴。

明天起 我要

把高尔基的《母亲》先看完"

①"等一等 唐尼

让我把火把点起

…………

明天会"

    （唐尼举着火把很快的走

     突然 她回过头来悠远的叫着：）

"李茵

要不要我陪你回去？"

②"不要。——

有了火把

我不怕"

❶语言描写………

李茵要点亮火把，表明了火把的光亮在她心中的地位。光亮会照着她前行，为她增加信心与胆量。

❷语言描写………

"有了火把我不怕"表明了在李茵心中，火把象征着光明，有光明在，所以她不感到害怕。

"好　那么再见
这火把给你。"

"那么……你自己呢？"

"我是走惯了黑路的——
谢谢你这火把……"

一八　尾声

"妈！
（TA！ TA！ TA！）
开门吧"

（TA！ TA！ TA！）

"妈！
开门吧"

"妈！
开门吧"
（TA！ TA！ TA！）

"孩子
等一下
让我点了灯
天黑得很……"

"妈　你快呀
我带着火把来了"

① "孩子
这火把真亮"

"妈　你拿着它
我来关门
你把火把
插在哥哥照像的前面"

（母亲上床　唐尼
呆呆的望着火把
慢慢的　她看定了
那死了五年的青年的照片：）

② "哥哥　今夜
你会欢喜吧
你的妹妹已带回了火把
这火把不是用油点燃起来的
这火把　是她
用眼泪点燃起来的⋯⋯"

"孩子
这火把真亮
照得房子都通红了
你打嚏了——孩子冷了
怎么你的眼皮肿
——哭了？"

"没有。
今晚我很高兴

只是火把的光
灼得我难受……"

读书笔记

"孩子　别哭了
来睡吧
天快要亮了。"

一九四〇年五月一日—一四日

精华赏析

《火把》是一首叙事长诗，通篇采用口语与对话形式，描写了李茵与唐尼两个女青年，在一次火把游行中的不同表现和心理状态以及唐尼思想的转变。诗人把《演说》《"给我一个火把"》《火的出发》描写得非常有力，给读者身临其境的感觉。这首诗给当时在光明与黑暗中动摇的男女青年以深深的感动和冲击。

延伸思考

1. 读了这首诗，你觉得唐尼是一个怎样的女孩？
2. 《火把》中的李茵是怎样一个形象？
3. 唐尼思想有一个怎样的变化？

相关链接

你知道火把是怎样制作的吗？通常要选用较粗的木棍，然后在上面缠上吸水的棉布（可以增加燃烧时间），还要在上面淋上可燃烧的油（比如柴油），这样可以保持火把稳定燃烧一段时间，但并不会永远不灭，等可燃的油烧完以后，火把就会熄灭。

旷　野

名师导读

　　"薄雾在迷蒙着旷野啊……"这是一种怎样的景色呢？诗人又是一种怎样的心境呢？读完这首《旷野》你就有所了解了。

① 薄雾在迷蒙着旷野啊……

看不见远方——
看不见往日在晴空下的
天边的松林，
和在松林后面的
迎着阳光发闪的白垩岩了；
前面只隐现着
一条渐渐模糊的
灰黄而曲折的道路，
和道路两旁的
乌暗而枯干的田亩……

田亩已荒芜了——
② 狼藉着犁翻了的土块，
与枯死的野草，
与杂在野草里的
腐烂了的禾根；

❶统领全诗

　　开头一句"薄雾在迷蒙着旷野啊"，一下子将读者带入迷蒙的旷野之中。

❷意象

　　诗人采用白描的手法，细致入微地描写了土块、野草、禾根、萝卜、菜蔬，展现了田野的荒芜景象。

在广大的灰白里呈露出的
到处是一片土黄，暗赭，
与焦茶的颜色的混合啊……
——只有几畦萝卜，菜蔬
以披着白霜的
稀疏的绿色，
点缀着
这平凡，单调，简陋
与卑微的田野。

那些池沼毗连着，
①为了久旱
积水快要枯涸了；
不透明的白光里
弯曲着几条淡褐色的
不整齐的堤岸；
往日翠茂的
水草和荷叶
早已沉淀在水底了；
留下的一些
枯萎而弯曲的枝杆，
呆然站立在
从池面徐缓的升起的水蒸气里……

山坡横陈在前面，
路转上了山坡，
并且随着它的起伏
而向下面的疏林隐没……
山坡上，
灰黄的道路的两旁，
感到阴暗而忧虑的

❶意象
展现了池沼
的凋蔽景象。

🖋 读书笔记

🖋 读书笔记

146

只是一些散乱的墓堆，
和快要被湮埋了的
黑色的石碑啊。

一切都这样的
静止，寒冷，而显得寂寞……

灰黄而曲折的道路啊！
人们走着，走着，
向着不同的方向，
却好像永远被同一的影子引导着，
结束在同一的命运里；
①在无止的劳困与饥寒的前面
等待着的是灾难、疾病与死亡——
彷徨在旷野上的人们
谁曾有过快活呢？

然而
冬天的旷野
是我所亲切的——
在冷彻肌骨的寒霜上，
我走过那些不平的田塍，
荒芜的池沼的边岸，
和褐色阴暗的山坡，
步伐是如此沉重，直至感到困厄
②——像一头耕完了土地
带着倦怠归去的老牛一样……

而雾啊——
灰白而混浊，
茫然而莫测，
它在我的前面

❶反问

诗人描写了旷野上的人们一直都是在贫穷的土地上辛苦劳作，灾难、疾病与死亡等待着他们。在这样的生活重压下，他们不会感到快活。

❷比喻

诗人走在冬天的田野，这种荒芜与凋蔽的景色使诗人的心情与身体感到沉重。将此时的状态比喻为"一头耕完了土地带着倦怠归去的老牛"非常贴切。

以一根比一根更暗淡的
电杆与电线,
向我展开了
无限的广阔与深邃……

你悲哀而旷达,
辛苦而又贫困的旷野啊……

读书笔记

没有什么声音,
一切都好像被雾窒息了;
只在那边
看不清的灌木丛里,
传出了一片
畏慑于严寒的
抖索着毛羽的
鸟雀的聒噪……

在那芦蒿和荆棘所编的篱围里
几间小屋挤聚着——
它们都一样的
以墙边柴木的凌乱,
与竹竿上垂挂的褴褛,
叹息着
徒然而无终止的勤劳;
又以凝霜的树皮盖的屋背上
无力的混合在雾里的炊烟,
描画了
不可逃避的贫穷……

❶意象

　诗人深切入
微地描绘了人们
的贫困与疾苦,
这种令人窒息的
沉重生活让读者
也觉得喘不过气
来。

① 人们在那些小屋里
过的是怎样惨淡的日子啊……
生活的阴影覆盖着他们……

那里好像永远没有白日似的，
他们和家畜呼吸在一起，
——他们的床榻也像畜棚啊；
而那些破烂的被絮，
就像一堆泥土一样的
灰暗而又坚硬啊……

而寒冷与饥饿，
愚蠢与迷信啊，
就在那些小屋里
强硬的盘据着……
农人从雾里
挑起簸箩走来，
簸箩里只有几束葱和蒜；
他的毡帽已破烂不堪了，
他的脸像他的衣服一样污秽，
他的冻裂了皮肤的手
插在腰束里，
他的赤着的脚
踏着凝霜的道路，
他无声的
带着扁担所发出的微响，
慢慢的
在蒙着雾的前面消失……

① 旷野啊——
你将永远忧虑而容忍
不平而又缄默么？

薄雾在迷蒙着旷野啊……

一九四〇年一月三日晨

❶疑问......
　　诗人提出疑问，表达了旷野的这种凋蔽景象不能再这样继续下去，想改变这种面貌，就必须起来斗争的愿望。

读书笔记

精华赏析

　　诗人通过细致而准确的笔触，为我们描绘了一幅生动而凄苍的图画。诗中写到了旷野上的山坡、小路、池沼、小屋、田畴、农人，也写到了旷野上的雾、墓堆和石碑……在这些白描的景色之中，诗人将自己的感情渗于其中。读这首诗，我们也可以深深感到诗人内心的焦虑与不平！

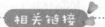

延伸思考

　　1. 诗人这样精细地描绘旷野上的景色，是要告诉人们什么呢？
　　2. 这首诗表现了诗人什么样的思想感情？
　　3. 这首诗在结构上有什么特点？

相关链接

　　艾青曾经说过："每首诗都由自己去写——就是通过自己的心去写。"艾青明确表示，诗人写诗，必须将诗人自己摆进去，融进去。如果诗中没有诗人自己，那是不能想象的。写诗必须通过自己的心去写，而且必须忠于当时的时代，忠于现实生活，忠于自己的亲身感受。

黎明的通知

诗人敏感地感觉到，长期受压迫受剥削的中华民族，马上就要看到光明了，于是写下了这首《黎明的通知》。

为了我的祈愿
诗人啊，你起来吧

而且请你告诉他们
说他们所等待的已经要来

说我已踏着露水而来
已借着最后一颗星的照引而来

读书笔记

我从东方来
从汹涌着波涛的海上来

我将带光明给世界
又将带温暖给人类

借你正直人的嘴
请带去我的消息

151

通知眼睛被渴望所灼痛的人类
和远方的沉浸在苦难里的城市和村庄

请他们来欢迎我——
白日的先驱，光明的使者

打开所有的窗子来欢迎
打开所有的门来欢迎

请鸣响汽笛来欢迎
请吹起号角来欢迎

请清道夫来打扫街衢
请搬运车来搬去垃圾

让劳动者以宽阔的步伐走在街上吧
让车辆以辉煌的行列从广场流过吧

请村庄也从潮湿的雾里醒来
为了欢迎我打开它们的篱笆

请村妇打开她们的鸡坶
请农夫从畜棚牵出耕牛

借你的热情的嘴通知他们
说我从山的那边来，从森林的那边来

请他们打扫干净那些晒场

和那些永远污秽的天井

请打开那糊有花纸的窗子
请打开那贴着春联的门

读书笔记

请叫醒殷勤的女人
和那打着鼾声的男子

请年轻的情人也起来
和那些贪睡的少女

请叫醒困倦的母亲
和她身边的婴孩

请叫醒每个人
连那些病者与产妇

连那些衰老的人们
呻吟在床上的人们

连那些因正义而战争的负伤者
和那些因家乡沦亡而流离的难民

①请叫醒一切的不幸者
我会一并给他们以慰安

❶呼告

诗人生动而深刻地揭示出黎明到来的意义。

注释

天井：1. 宅院中房子和房子或房子和围墙所围成的较小的露天空地。
    2. 某些地区的旧式房屋为了采光而在房顶上开的洞（对着天井在地上挖的排泄雨水的坑叫天井沟）。

读书笔记

请叫醒一切爱生活的人
工人，技师以及画家

请歌唱者唱着歌来欢迎
用草与露水所掺合的声音

请舞蹈者跳着舞来欢迎
披上她们白雾的晨衣

请叫那些健康而美丽的醒来
说我马上要来叩打她们的窗门

请你忠实于时间的诗人
带给人类以慰安的消息

请他们准备欢迎，请所有的人准备欢迎
当雄鸡最后一次鸣叫的时候我就到来

❶紧扣主题·········
　　诗人在结尾
处写出了自己的
目的，让黎明告
诉大家，人们所
等待的就要来
了，暗示着光明
即将来临。

请他们用虔诚的眼睛凝视天边
我将给所有期待我的以最慈惠的光辉

①趁这夜已快完了，请告诉他们
说他们所等待的就要来了

精华赏析

诗人从黎明就要到来落笔，然后借黎明的眼光和心绪来写。诗人将黎明拟人化，借黎明的口气将人们的祈盼表达出来。这种奇特的构思使这首诗充满了新鲜感，诗人心中的那种欢悦之情也自然流溢而出。整首诗完整而具体。另外，整首诗可以说就是一种象征，象征着革命的胜利，解放全中国。

延伸思考

1.这首诗运用了什么写作手法？

2.这首诗的写作特点是什么？

3.诗人借这首诗想要表达什么？

相关链接

那时，诗人历经千辛万苦，甚至冒着生命危险，从重庆来到延安，在延安这片新的天地里，诗人内心感到豁然敞亮。诗人敏感地感觉到，长期处于阶级压迫和民族危机中的中华民族，在经历了如火如荼的斗争以后，人们所祈盼的黎明马上就要到来了。

少年行

名师导读

　　人年少时要有远大的志向，做一个有志气的少年。有一个少年，他决定离开家乡去外面实现梦想。下面我们来欣赏这首《少年行》。

❶比喻
　　用"像一只飘散着香气的独木船，离开一个小小的荒岛"来形容下句中的少年。

读书笔记

①像一只飘散着香气的独木船，
离开一个小小的荒岛；
一个热情而忧郁的少年，
离开了他小小的村庄。

我不欢喜那个村庄——
它像一株榕树似的平凡，
也像一头水牛似的愚笨，
我在那里度过了童年；

而且那些比我愚蠢的人们嘲笑我，
我一句话不说心里藏着一个愿望，
我要到外面去比他们见识得多些，
我要走得很远——梦里也没有见过的地方；

那边要比这里好得多，

人们过着神仙似的生活；
听不见要把心都舂碎的春臼的声音，
看不见讨厌的和尚和巫女的脸。

父亲把大洋五块五块的数好，
用红纸包了交给我而且教训我！
而我却完全想着另外的一些事，
想着那闪着强烈光芒的海港……

① 你多嘴的麻雀聒噪着什么——
难道你们不知我要走了么？
还有我家的老实的雇农，
你们脸上为什么老是忧愁？

早晨的阳光照在石板铺的路上，
我的心在怜悯我的村庄
② 它像一个衰败的老人，
站在双尖山的下面……

再见呵，我贫穷的村庄，
我的老母狗，也快回去吧！
双尖山保佑你们平安无恙，
等我也老了再回到这个地方。

❶ 反问、疑问……
　　表现了一个少年洒脱的个性，也表现了他对生活多年的地方和人有了感情，有些许不舍，但是诗人却没有说出来。

❷ 比喻……………
　　突出了村庄的古老贫穷。

注释
春臼：春臼是春米的主要工具，多为石制品，也有木制的。

精华赏析

这首诗结构完整，首尾呼应。描写了一位热情而忧郁的少年，想要离开自己的家乡，去外面追寻自己向往的生活。表达了少年要志在远方的思想。

延伸思考

1.这首诗第一节写了什么？
2.诗中少年为什么要离开村庄？
3.这首诗想要表达什么思想感情？

相关链接

艾青的故乡有座双尖山，它海拔827米，是金东区第一高峰。双尖山位于金华市金东区源东乡双尖山村，位于金华北面，在金华、义乌、兰溪三地的交界处，金华市区距双尖山大约有42千米。

秋天的早晨

名师导读

　　秋天的早晨，诗人来到延河边，静静地欣赏这大自然的美，以及人们在大自然下的生活，于是写下了《秋天的早晨》。

在幽暗的山谷间
延河静静的流着
沿着山脚弯曲伸展
在田亩上放射银光

月亮已从山背回去
启明星闪耀在我们的山顶
四野响起雄鸡的晨唱
和接续的悠远的号声

① 秋天已沿着河岸来了——
披着稀薄的雾，带着微寒；
大豆萎黄了，荞麦枯焦了，
田亩上星散着收获物的堆积

金色的包谷米

读书笔记

❶景色描写

　　诗人描写了秋天的到来，写出了秋天的景物：雾、大豆、荞麦、包谷米。展现了秋天丰收的景象。

铺在屋背的斜面上
从那边的磨房传出
齐匀的筛面的声音

❶人物描写·········

诗人细致入
微地描写了农夫
的身形，对他的
动作也做了刻
画，表现了农夫
的辛勤劳苦。

① 农夫从打开的门里出来
背脊因劳苦而微微驼起
一边呛咳，一边扣着纽扣
缓慢的向畜棚走去

那肮脏而懒惰的猪突然跃起
从木栅里伸动它的鼻子
企望主人给它丰盛的早餐
用刺耳的尖叫表示欢喜

农夫却把关心放到驴子身上
因为它勤奋劳苦而又瘦削
他把昨晚为它切好的干草
和了豆壳倒进了石槽

于是他走到圆大的磨床旁边
用高粱秆扎的帚子扫着磨床
慢慢的抽完了一次旱烟之后
从屋檐上取下驴子的轭套

他又从屋里搬出一箩小米
快要溢出的是无数细小的金珠

注释

磨床：用砂轮磨削工件表面的机床。加工时，砂轮高速旋转，打磨工
　　件，提高工件的精度，降低表面粗糙度。这里指碾子。

伸出粗糙而干裂的手取了几颗
放到嘴里用黄色的大牙咬着

干脆的！太阳从山顶投下光芒
他驾好驴子，把小米倒上磨床
用力在驴子的股肉上一拍
把这金黄的日子碾动了……

长长的骡马队从土墙边过去
骡夫高声喝叱着，挥着鞭子
零乱而清新，铜铃在震响
那声音沿着河流慢慢远逝

① 这时候，在河流的彼岸
一个青年为清晨的大气所兴奋
在那悬崖的下面，迎着流水
唱着一支无比热情的歌曲

一九四一年十月四日

❶借景抒情·······
结尾部分诗人将笔锋一转，画面一下子到了自己身上，表达了自己心中充满热情，热爱着秋天的早晨。

精华赏析

这首诗描写了秋天一系列的景物和人的活动，诗人重点描写了农夫的生活画面，表现了辛勤劳苦的劳动人民早上一起床就开始一天的劳作了。诗人也从这一幅幅画面中感受到了大自然的美好。

延伸思考

1.诗歌第一节描写了哪些景物?

2.诗人描写了农夫的哪些生活画面?

3.这首诗表达了诗人什么样的思想感情?

相关链接

你们知道什么是驴吗?它长得什么样子?现在我来告诉你:马和驴都属于马属,但种类不同,它们有共同的起源。驴的体形比马和斑马小,第三趾很发达,有蹄,其余各趾都已退化。驴的样子跟马很相似,大多为灰褐色,身体不够威武雄壮,头大耳长,胸部有点窄,四肢比较瘦弱,躯干比较短,所以体高跟身长大体相等,呈正方形。驴的优点:结实,不易生病,性情温驯,刻苦耐劳,听从使唤等。

太阳的话

太阳，给人们带来光明与温暖，地球上的一切生物都离不开太阳。下面我们来读一读《太阳的话》这首诗。

打开你们的窗子吧
打开你们的板门吧
让我进去，让我进去
进到你们的小屋里

① 我带着金黄的花束
我带着林间的香气
我带着亮光和温暖
我带着满身的露水

快起来，快起来
快从枕头里抬起头来
睁开你的被睫毛盖着的眼
让你的眼看见我的到来

让你们的心像小小的木板房
打开它们的关闭了很久的窗子

❶比拟、排比……
诗人采用拟人的手法，让太阳说话，使诗句十分具有亲切感。

163

让我把花束，把香气，把亮光，
温暖和露水撒满你们心的空间。

一九四二年一月十四日

精华赏析

这首诗运用拟人的修辞手法，利用对话和呼告的方式来抒发感情，使语气显得更亲切，更容易跟读者亲近。同时也道出了太阳给人们带来的美好。

延伸思考

1. 全诗运用了哪些写作手法？有什么作用？
2. 这首诗运用了什么修辞手法？
3. 太阳带给人们什么？

相关链接

太阳是一个巨大而炽热的气体星球。组成太阳的物质大多是些普通的气体，这些气体中氢约占73%、氦约占25%，其他元素约占2%。在太阳系中，太阳是唯一的恒星和会发光的天体，是太阳系的中心天体。太阳系质量的99.86%都集中在太阳。太阳系中的八大行星、小行星、流星、彗星、外海王星天体和星际尘埃等，都要围绕着太阳运行（公转）。

野 火

名师导读

　　火能照亮黑夜，在抗战的四十年代里，生活在黑暗中的人们真的需要一片火来照亮，因此艾青写下了这篇《野火》。

① 在这些黑夜里燃烧起来
在这些高高的山巅上
伸出你的光焰的手
去抚扪夜的宽阔的胸脯
去抚扪深蓝的冰凉的胸脯
从你的最高处跳动着的尖顶
把你的火星飞飏起来
让它们像群仙似的飘落在
那些莫测的黑暗而又冰冷的深谷
去照见那些沉睡的灵魂
让它们即使在缥缈的梦中
也能得到一次狂欢的舞蹈

在这些黑夜里燃烧起来
② 更高些！更高些！
让你的欢乐的形体
从地面升向高空

❶ 比拟

　　诗人采用拟人的修辞手法，描写了"在这些黑夜里燃烧起来"的野火，生动而亲切。

❷ 比拟

　　鼓舞性的诗句、跳跃性的节奏，召唤起"欢笑的火焰""颤动的火焰"，写出了诗人对火焰的期待。

使我们这困倦的世界

因了你的火光的鼓舞

苏醒起来！喧腾起来！

让这黑夜里的一切的眼

都在看望着你

让这黑夜里的一切的心

都因了你的召唤而震荡

欢笑的火焰呵

颤动的火焰呵

听呀从什么深邃的角落

传来了那赞颂你的瀑布似的歌声……

一九四二年　陕北

精华赏析

《野火》这首诗重复诗句"在这些黑夜里燃烧起来"，是作者清晰的召唤，表达了对野火的热切期望。"野火"象征着抗战之火。这首诗采用拟人、排比等修辞手法，使诗句富有亲切感，起到了增强语言表达力的作用。

延伸思考

1. 这首诗表达了诗人什么样的思想情感？

2. 这首诗运用了什么修辞手法？

3. 这首诗在结构上有什么特点？

📝读书笔记

相关链接

　　现在我们来了解一下现代诗歌的特点，首先是形式自由并且内涵开放，注重意象的塑造，而修辞其次。另外现代诗歌还具有四性：高度的概括性、鲜明的形象性、浓烈的抒情性、和谐的音乐性。现代诗打破了旧体诗格律形式的束缚，可以说是时代下的产物。

风的歌

名师导读

我们知道风、雨、雷、电是地球气候的四大表现。风，一年四季都有，忽来忽去，无形无色，时不时让人们感到它的存在。这首《风的歌》中，诗人笔下的风是有形有色且有感情的。一起欣赏吧！

我是季候的忠实的使者
报告时序的运转与变化
奔忙在世界上

① 寂静的微寒的二月
我从南方的森林出发
爬上险峻的山峰
走过卑湿的山谷
渡过湖沼与江河
带着温暖与微笑
沿途唤醒沉睡的生物

山巅的积雪溶化了
结冰的河流解冻了
黑色的土地吐出绿色的嫩芽

❶比拟

诗人用第一人称描写风，运用了拟人的修辞手法。"爬上""走过""渡过""唤醒"这些动词，展现了风的力量。

百鸟在飘动的树枝上歌唱

忧愁从人们脸上消失

含笑的眼睛

看着被阳光照射的田野

布谷鸟站在山岩上

一阵阵一阵阵的叫唤

殷勤的催促着农人

把土地翻耕

把河水灌溉

向田亩播撒种子

晴朗的发光的五月

我徘徊在山谷和田野

河流因我的跳跃激起波浪

池沼因我的漫步浮起皱纹

午后，我疾行在悬崖的边沿

晚上，我休息在森林

①我是云的牧人

带领羊群一样的白云

放牧在碧蓝的晴空

从上空慢慢移行

阴影停留在旷野

我是雨的引路人

当大地为久旱所焦灼

我被发怒的乌云推拥

带着急喘，匆忙的

跃上山崖、跳下平野，

读书笔记

❶比喻、比拟……

"我是云的牧人""我是雨的引路人"，既符合风的实际，又把风形象化。"跃上山崖、跳下平野""拍击着门窗，向人们呼喊"，这些动作，都符合风的特征。

疾驰在闪电、雷、雨的前面
拍击着门窗，向人们呼喊：
  "大雷雨要来了！
大雷雨要来了！"

❶比拟
　　此处描写了
八月的风，它帮
助人们打场。

📝读书笔记

① 成熟的丰盛的八月
挂满稻草的杉树林里
在草堆上微睡之后
走过收割了的田亩
到山脚下的乡村
裹着头巾的农妇
向我发出欢呼
当她们在广场上
高高的举起筛子
摆动风车的扇柄
我就以我的敏捷
帮助这些勤奋的人
把谷壳和米糠吹散出来

📝读书笔记

起雾和下雨的日子
我走在阴凉的大气里
自然在极度的繁华之后
已临到了厌倦
曾经美丽的东西
都已变成枯萎
飞鸟合上翅膀
鸣虫停止叫唤
我含着伤感
摇落树上欲坠的残叶

打扫枯枝狼藉的院子
推倒被秋雨淋成乌黑的篱笆
挨家挨户督促贫苦的人们
赶快更换屋背上的茅草
上山砍伐冬季的燃料
因为我知道，对于他们
更坏的日子还在后面

阴暗的忧郁的十一月
带着寒冷的雨滴
我离开遥远的北方

有时，在黄昏
穿过荒凉的旷野
①我走近一家茅屋
从窗户向里面窥探
一个农夫和他的妻子
对着刚点亮的油灯
为不曾缴纳税租而愁苦
一听见外面有了声音
就突然打了一个寒噤

当我从摩天的山岭经过
盲眼的老人跟我下来
他是季候的掘墓人
以嫉妒为食粮

❶比拟

这些富于生活气息的画面，是诗人从自己的生活体验中提炼出来的，因此显得很自然，增强了诗的抒情性。正因为具有这样深厚的生活体验，诗人才会将"我"的经历写得具体而生动。

注释

篱笆：用竹子、芦苇、树枝等编成的遮拦的东西，一般环绕在房屋、场地等的周围。

以仇恨为饮料

他的嘘息侵进我的灵魂

自从他和我同路以来

我就不再有愉快了

我抖索着，牵着他枯干的手

慢慢的从山上走下平原

沿着我来的路向南方移行

四周，看不见人影和兽迹

万物露出惨愁的样子

这个老人！他一边扶着我

一边用痉挛的手摸索

他的手指所触到的东西

都起了一阵可怕的寒颤

他的脚一伸到河流

河水就成了僵冻

他睁着灰白无光的眼睛

不断的从嘴里吐出咒语：

"大地死了……大地死了……"

于是他散播着雪片

抛掷着雪团

用一层厚厚的白雪

裹住大地的尸身

当我极目远望时

我也不禁伏倒在山岩上啜泣……

尾 声

等一切生物经过长期的坚忍

经过悠久的黑暗与寒冷的统治

我又从南方海上的一个小岛起程

站在那第一只北航的船的布帆后面

带着温暖和燕子、欢快和花朵

唱着白云的柔美的歌

为金色的阳光所护送

向初醒的大地飞奔……

一九四二年九月六日

读书笔记

精华赏析

这首诗，写风经历了四季。四季里，风既有不同的表现形态，又有不同的感情色彩。这首《风的歌》，诗人写了风一年四季都在不停地奔波，都在帮助人们。诗人将自己的生活体验跟所要描绘的对象有机融合，选择恰当的语言准确地描绘形象。

延伸思考

1.这首诗主要写了什么？

2.整首诗运用了什么写作手法？

3.诗人在风的描绘上有什么独特之处？

相关链接

风是怎样形成的？风是由空气流动形成的一种自然现象，它由太阳辐射热所引起。太阳光照射到地球表面，因此地表温度升高，地表的空气由于受热膨胀变轻而往上升。因为热空气上升，所以低温的冷空气横向流入，上升的空气渐渐冷却变重而降落，然而地表温度较高又会使空气变热而上升，空气不断流动就产生了风。

播谷鸟集（七首）

名师导读

　　土地是农民赖以生存的物质基础。农民离不开土地，他们的生活全靠土地来维持。下面这首诗讲述了解放区农民获得土地后的生活，一起来读吧！

耙　地

一匹马
拉着耙
向前
向前

❶比喻⋯⋯⋯⋯

　　诗人将耙比作"筏"，把土地比作"河流"，把土块比作"水浪"，十分贴切形象。

① 人站在耙上
像站在筏上
耙的前面
土地像河流
耙的后面
土块像水浪

杨柳青了
草也绿了

174

花也开了

鸟也叫了

马跑着

耙向前

向前

两只白蝴蝶

从地里

飞过……

地多么宽

地多么广

耙飞跑着

飞跑着

来来

往往

①耙上的人

一边吆喝

一边唱歌

"东方红

太阳升

……"

❶场景描写 ·······
　　"耙上的
人/一边吆喝/
一边唱歌"展现
了农民干活很起
劲，农民当家做
主人，歌唱新生
活。

送　粪

咯隆隆

咯隆隆

谁家的媳妇

露出粗壮的胳膊

迈着大步

推着土车

一车一车

把圈粪送到地里

额上流着汗

嘴上含着笑

她的眼睛在说

以后的日子好了

肥料下地广

粮食收满仓

咯隆隆

咯隆隆

土车也一样

不像往年

老是咯吱吱

咯吱吱的啼哭

如今变了

它大声的笑着

从村庄到野地

从野地到村庄

❶反复

　　诗 人 重 复
"咯隆隆"这个
拟声词，表现了
车轮不停地运
转，也象征着人
们干活很起劲。

①咯隆隆

咯隆隆

浇　地

驴子走

水车转

① 一个妇女
坐在水车边
她的怀里
躺着一个小孩
睡得甜又甜
驴子走
水车转
驴子走慢了
妇女就吆喝一声
驴子又加快了

转了几转
驴子走
水车转

水从水斗
倒出来
沿着土沟
往下流
流到地里
地里白晃晃发亮

② 这是新分到的土地
这是发香的土地

❶场景描写·········
这是一个妇女怀里抱着小孩，驴子带动水车转动的场景，表现了当时农民的劳作，辛勤而忙碌。

✏读书笔记

❷咏叹··············
这里对土地做了描写，"新分到的""发香的""亲爱的"，表现了对土地的热爱之情，表明解放区的农民分到了土地。

注释
水车：1.使用人力或畜力的旧式提水灌溉工具。2.以水流做动力的旧式动力机械装置，可以带动石磨、风箱等。3.运送水的车。

<u>这是亲爱的土地</u>

驴子走
水车转

一个男子
用锄头引水
水头向前渗
向前渗
浸透了干土
驴子走
水车转

太阳下山了
天也暗了
但他们还不回去
好像连夜里
也要宿在地里

掏　土

老乡啊
刮大风了
天也要黑了
快休息吧

只他一个人
一锄又一锄
掏着黄土
用手抹着汗

天快黑了
他也不知道

① 老乡啊
风刮得好大
树都摇摆了
天已黑了
快休息吧
不
春发东风连夜雨
趁雨没有来
把地掏松
雨来了
让它浸个透
等天晴了
撒下种子

❶对话描写
　　这是一段对话描写，风再大，天再黑，也要把活干完，做好准备，以备春播。

🖋读书笔记

春　雨

云从东方来
天下雨了
从东到西
从南到北
雨洒着冀中平原
农民牵着牲口
回去了
水车不转了
轮子停了
到处都淋着雨水
到处都好像在笑

🖋读书笔记

❶语言描写

　　"笑着说"
表明农妇心里很
高兴，这句话表
现了解放区农民
翻身做了主人。
有了土地，生活
就有了希望。

✒ 读书笔记

....
....
....
....

✒ 读书笔记

....
....
....

一个农妇

站在门口看着雨

① 笑着说

"有了地了

天又下雨了

真的翻了身"

往年

榆树皮

槐树子

绿豆壳子

谷糠饼子

什么都吃

麦子和谷子

进了地主的肚子

从今以后

地是自己的

一想到

打下的粮食

全归自己

她的心开花了

春雨贵如油

拼命的下吧

把土地灌透

八十三场雨

一亩六七亩

吃穿不用愁

喜　鹊

村子的边上
有一排高树
最高的枝枝上
有一个喜鹊窝

喜鹊站在树巅
最早看见太阳
它哑着嗓了说
① "太阳出来了!
太阳出来了!"
长长的尾巴
一翘一翘……

它从树巅飞走了
飞到野地里

一个农民
站在耙上
赶着两匹驴子
从地的这一头
到地的那一头

喜鹊朝着农民
哑着嗓子说
"日子好了
恭喜! 恭喜!"

❶比拟
　　诗人借喜鹊之口说"太阳出来了! 太阳出来了!"暗示农民看到了希望。

读书笔记

读书笔记

播谷鸟

年年春天
播谷鸟在叫唤
"割麦插禾
割麦插禾
地主吃饱
农民受饿"
播谷鸟，播谷鸟
看见农民的辛苦
看见打下的粮食
送进地主的仓库
它的叫唤像在哭
叫人听了真难过

✎ 读书笔记

❶对比 ··················

　　诗人描写了
今年春天播谷鸟
的叫唤，这次叫
唤跟以往的不同，
通过鲜明对比，
突出了农民生活
的变化。

①今年春天
播谷鸟又叫唤
声音可不同了
"春雷响过
雨也下过
翻了身的人
快种谷！"

一九四八年春　获鹿

精华赏析

　　这首《播谷鸟集》一共分为七个部分，主要描写了解放区农民在获得土地后，打心眼儿里高兴，当家做主的农民忙着春播，希望会有好的收获。表现了共产党把土地分给农民，得到土地的解放区农民干劲很足。

延伸思考

　　1.这首《播谷鸟集》有几个部分？

　　2.这首诗的主要内容是什么？

　　3.这首诗歌颂了什么？

相关链接

　　播谷鸟也叫布谷鸟，亦叫杜鹃。它的体形大小跟鸽子相似，但是比较细长，上体呈暗灰色，腹部布满了横斑。脚上生有四趾，两趾向前，两趾向后。飞行时急速而且无声。一般在芒种前后，可以昼夜听到它那洪亮的叫声，"布谷布谷，布谷布谷！""快快割麦！快快割麦！""快快播谷！快快播谷！"

一个黑人姑娘在歌唱

名师导读

1954 年，诗人得到一次到南美进行访问的机会。两个月的南美旅行，诗人感触颇多，于是诗情被激发起来，写下了一批动人的诗篇。《一个黑人姑娘在歌唱》就是其中一首。

在那楼梯的边上，
有一个黑人姑娘，
她长得十分美丽，
一边走一边歌唱……

❶设问

诗人先是提出疑问，然后经过思考与了解，知道黑人姑娘"唱的是催眠的歌"。

① 她心里有什么欢乐？
她唱的可是情歌？
她抱着一个婴儿，
唱的是催眠的歌。

这不是她的儿子，
也不是她的弟弟；
这是她的小主人，

黑人：指黑种人。

184

她给人看管孩子；

① 一个是那样黑，
黑得像紫檀木；
一个是那样白，
白得像棉絮；

一个多么舒服，
却在不住地哭；
一个多么可怜，
却要唱欢乐的歌。

❶对比、比喻……
这完全是真实的生活反映，并没有做任何夸张。诗人通过这么朴实、巧妙的一点，便使诗的艺术魅力跃然纸上。

一九五四年七月十七日　里约热内卢

精华赏析

这首诗，诗人似乎没有做任何雕饰，朴实地对真实的生活进行白描，通过对比手法，增强了诗的震撼力量。对比在这首诗中起了重要作用。《一个黑人姑娘在歌唱》其实就是诗人对这不公平世界的揭露和控诉，特别揭露和谴责了不人道的种族歧视。

延伸思考

1.这首诗运用了哪些修辞手法？
2.对比在这首诗中起了什么作用？
3.这首诗反映了什么样的社会现实？

相关链接

　　黑人，即黑色人种。黑种人皮肤黝黑，头发黑且呈波浪形或鬈曲，眼睛黑，鼻子宽扁，鼻根低矮或中等，鼻突出度小，鼻孔横径较大，唇凸而且厚，口宽度比较大，胡子和体毛比较少。在中世纪及中世纪以前，黑人主要分布在非洲撒哈拉以南地区。由于欧洲国家的帝国主义和重商主义，大批量的黑人被送到南美洲和北美洲做奴隶。

礁　石

名师导读

在与自然相处的过程中，人总是不由得对自然事物赋予生命的灵性，把自己的某种心理欲求寄托到那人化的生命体上，并以此为镜鉴，从中受到鼓舞。艾青笔下的《礁石》就是一例。

---

① 一个浪，一个浪
无休止的扑过来
每一个浪都在它脚下
被打成碎沫，散开……

它的脸上和身上
像刀砍过的一样
但它依然站在那里
含着微笑，看着海洋……

一九五四年七月二十五日

❶动静结合

在结构上，这首诗先对准海浪，再转向礁石；以动态写海浪，以静态写礁石。诗人采用白描手法，来取得与礁石抱朴守真的品格"同质"的效果。

精华赏析

这首诗咏礁石，但并不是以咏礁石为目的，而是借咏礁石咏人抒怀。诗中的礁石具有象征意义。诗人赋予礁石以生命，使之人格化，形象生动地表现了礁石长期受浪迫害却依然坚强不屈、乐观自信的精神。这首诗最突出的特点是丰富的象征性。《礁石》所呈现的丰厚内蕴正是托附于作者创设的外层境界而来的。

延伸思考

1.诗句"含着微笑，看着海洋"有什么含义？
2.诗中的"礁石"象征什么？"浪"象征什么？
3.诗的最后两句揭示了礁石怎样的优秀品质？

相关链接

什么是礁石？礁石是指高出于海蚀平台的海蚀残留体。因为海岸基岩不断地被波浪冲蚀和破坏，而波浪强度和组成海岸基岩岩性成分的不同，使海蚀作用的差异加剧，于是产生了突出屹立的礁石。礁石上面通常长满了海蛎和贝壳。假如礁石的规模很大，则称为岛屿；隐伏在水下的礁石又称为暗礁。

在智利的海岬上

——给巴勃罗·聂鲁达

名师导读

　　在南美洲的智利，艾青有一位亲如兄弟的外国朋友，他的名字叫巴勃罗·聂鲁达。有一次他去这位朋友家做客，对朋友的家十分好奇，并做了详细的记录。

让航海女神
守护你的家

她面临大海
仰望苍天
抚手胸前
祈求航行平安

一

① 你爱海，我也爱海
我们永远航行在海上

❶想象

　　艾青与聂鲁达一见如故，随后亲如兄弟。这两句诗表明了两人的心是相通的，两位诗人的经历也犹如在海上航行一样，有很多相似之处。

一天，一只船沉了
你捡回了救命圈
好像捡回了希望

风浪把你送到海边
你好像海防卫士
驻守着这些礁石

読书笔记

你抛下了锚
解下了缆索
回忆你所走过的路
每天瞭望海洋

二

巴勃罗的家
在一个海岬上
窗户的外面
是浩淼的太平洋

❶比喻

　　诗人把巴勃罗的家比作"小小的碉堡／要把武士囚禁"，表现了这所房子的坚固，因为它是用岩石砌成的。

① 一所出奇的房子
全部用岩石砌成
像小小的碉堡
要把武士囚禁

我们走进了
航海者之家
地上铺满了海螺
也许昨晚有海潮

已经残缺了的
　　　　木雕的女神
站在客厅的门边
像女仆似的虔诚

阁楼是甲板
栏杆用麻绳穿连
在扶梯的边上
有一个大转盘

这些是你的财产：
① 古代帆船的模型
褐色的大铁锚
中国的罗盘
大的地球仪
各式各样的烟斗
和各式各样的钢刀

意大利农民送的手杖
放在进门的地方
它陪伴一个天才
走过了整个世界

米黄色的象牙上
刻着年轻的情人
穿着乡村的服装
带着羞涩的表情
像所有的爱情故事
既古老而又新鲜

❶场景描写
　　此处描写了巴勃罗收藏的物品：帆船模型、大铁锚、罗盘、地球仪、烟斗、钢刀，突出了物品的种类很多。

✒读书笔记

手枪已经锈了
战船也不再转动
请斟满葡萄酒
为和平而干杯!

三

房子在地球上
而地球在房子里

壁上挂了白顶的
　　黑漆遮阳的海员帽子
好像这房子的主人
今天早上才回到家里

我问巴勃罗:
　"是水手呢,
还是将军?"
他说:"是将军,
你也一样;
不过,我的船
已失踪了,
沉落了……"

四

❶疑问
突出了诗人
的好奇,他非常
想知道这房子的
主人是谁。

①你是一个船长,
还是一个海员?
你是一个舰队长,
还是一个水兵?

你是胜利归来的人，
还是战败了逃亡的人？
你是平安的停憩，
还是危险的搁浅？
你是迷失了方向，
还是遇见了暗礁？

都不是，都不是。
这房子的主人
是被枪杀了的洛尔伽的朋友
是受难的西班牙的见证人
是一个退休了的外交官
不是将军。

① 日日夜夜望着海
听海涛像在浩叹
也像是嘲弄
也像是挑衅

巴勃罗·聂鲁达
面对着万顷波涛
用矿山里带来的语言
向整个旧世界宣战

五

在客厅门口上面
挂了救命圈
现在船是在岸边
你说："要是船沉了

❶想象

诗人每天都到海边，一边望着海，一边沉浸在这海涛的声音之中，感觉它想要表达些什么。

🖋️ 读书笔记

我就戴上了它
跳进了海洋。"

方形的街灯
在第二个门口
这样，每个夜晚
你生活在街上

❶场景描写·········
诗人同朋友
们在海上围着烧
旺的壁炉，喝着
酒，谈着航海的
故事，这是多么
动人的场面呀！

① 壁炉里火焰上升
今夜，海上喧哗
围着烧旺了的壁炉
从地球的各个角落来的
　　　十几个航行的伙伴
喝着酒，谈着航海的故事

❷概述··················
表现了不同
国家的朋友之间
的友好情谊。

② 我们来自许多国家
包括许多民族
有着不同的语言
但我们是最好的兄弟

有人站起来
用放大镜
在地图上寻找
没有到过的地方

我们的世界
好像很大
其实很小

在这个世界上
应该生活得好

① 明天，要是天晴
我想拿铜管的望远镜
向西方瞭望
太平洋的那边
是我的家乡
我爱这个海岬
也爱我的家乡

这儿夜已经很深
初春的夜晚多么迷人

六

在红心木的桌子上
有船长用的铜哨子

拂晓之前，要是哨子响了
我们大家将很快的爬上船缆
张起船帆，向海洋起程
向另一个世纪的港口航行……

一九五四年七月二十四日晚　初稿
一九五六年十二月十一日　整理

❶心理描写·········
　　这里表现了
诗人在异国他乡
思念自己的家乡，
因为诗人既爱这
个海岬，也爱自
己的家乡。

读书笔记

读书笔记

精华赏析

《在智利的海岬上》这首诗，艾青非常出色地达到了他想要达到的目的。诗中所呈现出的这个家的许多画面，使我们对聂鲁达的形象有了一个深刻的了解。在这些画面的描绘中，两位诗人之间的友好情谊，也充溢在字里行间。

延伸思考

1.我们从诗中感受到了一个怎样的聂鲁达形象？
2.这首诗表现了艾青跟聂鲁达怎样的情感？
3.聂鲁达的家是怎样的？

相关链接

海岬，又叫陆岬，是一片三面环海的陆地。面积较大的海岬称为半岛。海角是指能够影响海水流动方向的海岬。跟海岬相对的是三面环陆的海湾。

小蓝花

你见过小蓝花吗？它是一种非常美丽的小花，它开在青色的山坡上，开在紫色的岩石上。

---

① 小小的蓝花
开在青色的山坡上
开在紫色的岩石上

小小的蓝花
比秋天的晴空还蓝
比蓝宝石还蓝

小小的蓝花
是山野的微笑
寂寞而又深情

一九五六年

❶开篇点题

诗人写出了小蓝花开放的地点，还用青色和紫色来衬托小蓝花，语言干净明丽。

读书笔记

《小蓝花》这首诗，没有铺张的语言，而是字字单纯且明丽。这首诗恰当地表达了诗人对小蓝花的挚爱，也表现了小蓝花本身的美丽。

1.这首诗的写作特点是什么？

2.这首诗表达了诗人怎样的情怀？

3.我们从小蓝花身上看到了什么？

要想诗的语言单纯，必须做到以下两点：首先，要从生活中选择鲜活的语言。其次，生活中的语言不一定就是诗的语言，诗人在写诗的时候，一定要有一个加工的过程。所以说，诗的语言的单纯并不是唾手可得的。

高　原

　　你知道什么是高原吗？高原的温差是怎样的？下面我们来欣赏艾青的这首《高原》吧！

---

① 这儿的白天
为什么热

这儿太高
离太阳近

这儿的夜晚
为什么冷

这儿太高
离月亮近

为什么离太阳近了热
为什么离月亮近了冷

太阳是火
月亮是冰

❶设问 ....
　　这种一问一答的形式能引起读者的阅读兴趣。

📝读书笔记

199

精华赏析

这首《高原》结构简单，采用一问一答的形式，表现了高原具有白天热、夜晚冷的特点。结尾采用比喻修辞，写出了太阳与月亮的不同。

延伸思考

1.高原为什么白天热、夜晚冷？

2.这首诗的写作特点是什么？

3.为什么诗人说"太阳是火／月亮是冰"？

相关链接

你知道什么是高原吗？高原是海拔高度在 1 000 米以上，面积比较广大，地形比较开阔，周边有明显的陡坡为界，比较完整的大面积隆起地区。世界上面积最大的高原是巴西高原。有"世界屋脊"之称的青藏高原是世界上最高的高原，也是中国最大的高原。

启明星

启明星，天上最亮的一颗行星，它出现在光明与黑暗交替的时候。一起来欣赏《启明星》，品读它所蕴含的深意。

属于你的是
光明与黑暗交替
黑夜逃遁
白日追踪而至的时刻

读书笔记

群星已经退隐
你依然站在那儿
期待着太阳上升

被最初的晨光照射
投身在光明的行列
直到谁也不再看见你

一九五六年八月

精华赏析

　　艾青的这首《启明星》是一曲追求光明的颂歌。诗中的启明星暗示着黑暗的结束和光明的来临。作者用启明星自喻，体现了他厌恶黑暗而向往光明的愿望。

延伸思考

1. 启明星出现在什么时候？
2. 启明星暗示着什么？
3. 怎样理解"你依然站在那儿"？

相关链接

　　你知道启明星吗？启明星又叫金星。天亮前后的东方地平线上，偶尔会看到一颗特别明亮的"晨星"，人们称它为"启明星"；而在黄昏时分，西方余晖中偶尔会出现一颗非常明亮的"昏星"，人们称它为"长庚星"。其实这两颗星是同一颗星，即金星。我国汉族民间也称它为"太白"或"太白金星"。

下雪的早晨

名师导读

　　诗人看到雪景后，勾起了对童年的回忆，写下了《下雪的早晨》这首诗。描写了夏天的树林里一个小孩的一举一动，展现了一幅清新的画面。

① 雪下着，下着，没有声音，
雪下着，下着，一刻不停，
洁白的雪，盖满了院子，
洁白的雪，盖满了屋顶，
整个世界多么静，多么静。

看着雪花在飘飞，
我想得很远，很远，
想起夏天的树林，
树林里的早晨，
到处都是露水，
太阳刚刚上升，

一个小孩，赤着脚，

① 反复

　　前两句重复"雪下着，下着"，造成连绵不断的飘落感，营造出冬天的氛围。后两句"洁白的雪"使美好的意象得到加深，转换为寂静村庄的画面。

注释

露水：凝结在地面或靠近地面的物体表面上的水珠。是接近地面的空气温度逐渐下降（仍高于0℃）时，使所含水汽达到饱和后形成的。

从晨光里走来，

他的脸像一朵鲜花，

他的嘴发出低低的歌声，

他的小手拿着一根竹竿，

他仰起小小的头，

那双发亮的眼睛，

透过浓密的树叶，

在寻找知了的声音……

❶场景描写·········
　　这是一个电
影中的特写镜头，
孩子无意之中的
好奇心与举动，
构成了一幅清新
难忘的画面。这
表明诗人的灵感
与快乐都在大自
然的怀抱里。

①他的另一只小手，

提了一串绿色的东西，

—— 一根很长的狗尾草，

结了蚂蚱、金甲虫和蜻蜓，

这一切啊，

我都记得很清。

我们很久没有到树林里去了，

那儿早已铺满了落叶，

也不会有什么人影；

但我一直都记着那个小孩，

和他的很轻很轻的歌声，

此刻，他不知在哪间小屋里，

看着不停的飘飞着的雪花，

或许想到树林里去抛雪球，

或许想到湖上去滑冰，

他决不会知道

有一个人想着他，

就在这个下雪的早晨。

一九五六年十一月十七日

精华赏析

　　这首诗写于1956年，共三节。第一小节描写了下雪实景，抓住了雪"大、白、静"的特点；第二小节主要写一个小孩在夏天的早晨于树林里玩耍的情景；第三小节写自己的想象，表达自己对小孩的惦念。整首诗表现了那个特定环境中作者的心境。诗人假托对一个小孩的思念，表达了对童年的向往。

延伸思考

　　1. 诗人是怎样描写雪景的？

　　2. 诗人假设了一个什么场景？

　　3. 这首诗表达了诗人什么样的思想感情？

相关链接

　　什么是狗尾草？它长什么样子？狗尾草在庄稼地里长得最多。刚长出的狗尾草是小小的细细的一到两片的嫩叶，远远望去几乎看不见。但是仅一场微雨，就能让它蓬勃生长成燎原之势。它根须浅浅地浮在土上，但是如果拔得不彻底或者拔完了仍然扔在地里，那么它不会死去，仅需一夜露水，就足够让它生出新芽或者复活，它的生命力之强真是让人惊叹！长大一些的狗尾草，会长出一根细长的穗来，结满了无数籽粒，毛茸茸地在风里摇曳，宛如调皮的小狗在抖动着尾巴。

鱼化石

名师导读

艾青被誉为"诗坛泰斗"，他善于将象征性的抒情同哲理性的思辨相结合，抒发对生活、对生命、对人生的真知灼见。这篇《鱼化石》就是其中的不朽力作。

动作多么活泼，
精力多么旺盛，
在浪花里跳跃，
在大海里浮沉；

不幸遇到火山爆发，
也可能是地震，
你失去了自由，
被埋进了灰尘；

过了多少亿年，
地质勘察队员，
在岩层里发现你，
依然栩栩如生。

但你是沉默的，

连叹息也没有，
鳞和鳍都完整，
却不能动弹；

① 你绝对的静止，
对外界毫无反应，
看不见天和水，
听不见浪花的声音。

凝视着一片化石，
傻瓜也得到教训：
离开了运动，
就没有生命。

活着就要斗争，
在斗争中前进，
当死亡没有来临，
把能量发挥干净。

❶议论
　　诗人讲述了
鱼成为化石后的
状态。"你绝对
的静止，对外界
毫无反应"，体
现了诗人对鱼化
石的哲理性评价。

精华赏析

　　这首《鱼化石》，全篇都用哲理性的诗句，使象征性更加明朗。诗人用富于
启示性跟暗示性的生动意象，使读者的思维空间得到拓展，引导人们探索生命的
意义与人生的真谛。

延伸思考

1.这首诗告诉我们一个什么道理？

2.第一节写鱼儿生前自由、活泼、快乐的生活，这对后文有什么作用？

3.综观全诗，点明中心意思的是哪一节？

相关链接

　　鱼化石是怎样形成的呢？鱼的尸体经过亿万年的变动，并且长期跟空气隔绝，由于受到高温高压的作用，所以尸体上覆盖的泥沙越来越厚，压力也越来越大。若干年后，尸体上面与下面的泥沙变成了坚硬的沉积岩，于是夹在这些沉积岩中的鱼的尸体，就变成了一种十分坚硬的犹如石头一样的东西，这就是"鱼化石"。

光的赞歌

名师导读

世界有了光，是怎样一种景色？如果没有光，世界又将是怎样一种景色？一起来欣赏这首《光的赞歌》。

一

每个人的一生
不论聪明还是愚蠢
不论幸福还是不幸
只要他一离开母体
就睁着眼睛追求光明

① 世界要是没有光
等于人没有眼睛
航海的没有罗盘
打枪的没有准星
不知道路边有毒蛇
不知道前面有陷阱

❶暗喻

诗人先做了一个假设"世界要是没有光"，然后暗喻为"人没有眼睛""航海的没有罗盘""打枪的没有准星"，突出了光的重要。

注释

母体：指孕育幼体的人或雌性动物的身体。

❶排比

　　"世界要是
没有光"，四季
的美也会看不到，
再次表明了光的
重要作用。

① 世界要是没有光
也就没有扬花飞絮的春天
也就没有百花争艳的夏天
也就没有金果满园的秋天
也就没有大雪纷飞的冬天

世界要是没有光
看不见奔腾不息的江河
看不见连绵千里的森林
看不见容易激动的大海
看不见像老人似的雪山

读书笔记

要是我们什么也看不见
我们对世界还有什么留恋

二

只是因为有了光
我们的大千世界
才显得绚丽多彩
人间也显得可爱

光给我们以智慧
光给我们以想象
光给我们以热情
光帮助我们创造出不朽的形象

那些殿堂多么雄伟
里面更是金碧辉煌

那些感人肺腑的诗篇
谁读了能不热泪盈眶

那些最高明的雕刻家
使冰冷的大理石有了体温
那些最出色的画家
描出了色授魂与的眼睛

比风更轻的舞蹈
珍珠般圆润的歌声
火的热情、水晶的坚贞
艺术离开光就没有生命

山野的篝火是美的
港湾的灯塔是美的
夏夜的繁星是美的
庆祝胜利的焰火是美的
一切的美都和光在一起

三

这是多么奇妙的物质
没有重量而色如黄金
它可望而不可即
漫游世界而无体形
具有睿智而谦卑
它与美相依为命

①诞生于撞击和磨擦
来源于燃烧和消亡的过程

❶概括
  从科学的角度描述了光，同时也表明了社会的发展、人类的进步，都依赖于光，但是这"光"是要经过斗争才能得来的。

211

来源于火、来源于电
来源于永远燃烧的太阳

❶归纳总结
　　从科学的角度归纳了伟大的光来源于太阳，写出了地球上的万物都要依赖于光。

① 太阳啊，我们最大的光源
它从亿万万里以外的高空
向我们居住的地方输送热量
使我们这里滋长了万物
万物都对它表示景仰
因为它是永不消失的光

真是不可捉摸的物质——
不是固体、不是液体、不是气体
来无踪、去无影、浩淼无边
从不喧嚣、随遇而安
有力量而不剑拔弩张
它是无声的威严

它是伟大的存在
它因富足而能慷慨
胸怀坦荡、性格开朗
只知放射、不求报偿
大公无私、照耀四方

读书笔记

四

但是有人害怕光
有人对光满怀仇恨
因为光所发出的针芒
刺痛了他们自私的眼睛
历史上的所有暴君

各个朝代的奸臣
一切贪婪无厌的人
为了偷窃财富、垄断财富
千方百计想把光监禁
因为光能使人觉醒

凡是压迫人的人
都希望别人无能
无能到了不敢吭声
而把自己当作神明

凡是剥削人的人
都希望别人愚蠢
愚蠢到了不会计算
一加一等于几也闹不清

他们要的是奴隶
是会说话的工具
他们只要驯服的牲口
他们害怕有意志的人

他们想把火扑灭
在无边的黑暗里
在岩石所砌的城堡里
维持血腥的统治

他们占有权力的宝座
①一手是勋章、一手是皮鞭
一边是金钱、一边是锁链

❶对比
　　描写了统治阶级为了自己的金钱和利益镇压、奴役老百姓。

进行着可耻的政治交易
完了就举行妖魔的舞会
和血淋淋的人肉的欢宴

❶比喻
　　诗人放眼望去，纵观历史，对人类的黑暗进行鞭挞，对勇士的英勇进行讴歌。

① 回顾人类的历史
曾经有多少年代
沉浸在苦难的深渊
黑暗凝固得像花岗岩
然而人间也有多少勇士
用头颅去撞开地狱的铁门

❷反复
　　这两句诗对那些为"光"而战斗的人进行了热情的称赞。

② 光荣属于奋不顾身的人
光荣属于前仆后继的人

暴风雨中的雷声特别响
乌云深处的闪电特别亮
只有通过漫长的黑夜
才能喷涌出火红的太阳

五

愚昧就是黑暗
智慧就是光明
人类是从愚昧中过来
那最先去盗取火的人
是最早出现的英雄
他不怕守火的鹫鹰
要啄掉他的眼睛
他也不怕天帝的愤怒
和轰击他的雷霆

📖读书笔记

把火盗出了天庭

于是光不再被垄断

从此光流传到人间

我们告别了刀耕火种

蒸汽机带来了工业革命

从核物理诞生了原子弹

如今像放鸽子似的放出了地球卫星……

光把我们带进了一个

　　光怪陆离的世界：

① X光，照见了动物的内脏

激光，刺穿优质钢板

光学望远镜，追踪星际物质

电子计算机

　　把我们推到了二十一世纪

❶列举

　　人类用智慧创造了一个光怪陆离的世界，光给人类带来了便利，丰富了人们的生活。

然而，比一切都更宝贵的

是我们自己的锐利的目光

是我们先哲的智慧之光

这种光洞察一切、预见一切

可以透过肉体的躯壳

看见人的灵魂

看见一切事物的底蕴

原子弹：核武器的一种，利用铀、钚等原子核分裂而产生的巨大能量
　　　　进行杀伤和破坏。爆炸时产生冲击波、光辐射、贯穿辐射和
　　　　放射性沾染。

一切事物内在的规律

一切运动中的变化

一切变化中的运动

一切的成长和消亡

就连静静的喜马拉雅山

也在缓慢的继续上升

认识没有地平线

地平线只能存在于停止前进的地方

而认识却永无止境

人类在追踪客观世界中

留下了自己的脚印

实践是认识的阶梯

科学沿着实践前进

在前进的道路上

要砸开一层层的封锁

要挣断一条条的铁链

真理只能从实践中得以永生

六

光从不可估量的高空

俯视着人类历史的长河

我们从周口店到天安门

像滚滚的波涛在翻腾

不知穿过了多少的险滩和暗礁

我们乘坐的是永不沉没的船

从天际投下的光始终照引着我们……

我们从千万次的蒙蔽中觉醒

我们从千万种的愚弄中学得了聪明

统一中有矛盾、前进中有逆转

运动中有阻力、革命中有背叛

读书笔记

甚至光中也有暗

甚至暗中也有光

不少丑恶与无耻

隐藏在光的下面

毒蛇、老鼠、臭虫、蝎子、蜘蛛

和许多种类的粉蝶

她们都是孵化害虫的母亲

我们生活着随时都要警惕

看不见的敌人在窥伺着我们

然而我们的信念

像光一样坚强——

经过了多少浩劫之后

穿过了漫长的黑夜

人类的前途无限光明、永远光明

七

❶ 每一个人都是一个生命

人是银河星云中的一粒微尘

每一粒微尘都有自己的能量

无数的微尘汇集成一片光明

每一个人既是独立的

而又互相照耀

在互相照耀中不停的运转

和地球一同在太空中运转

❶暗喻
  在追求"光"的斗争中，诗人并不忽略个人的作用，但更重要的是群体的力量。

我们在运转中燃烧

我们的生命就是燃烧

我们在自己的时代

应该像节日的焰火

带着欢呼射向高空

然后迸发出璀璨的光

❶比喻、排比……

　　诗人用了三个假设，将我们比作"一支蜡烛""一根火柴"，写出了发挥一个人的光和热，为人类做贡献的号召。

① 即使我们是一支蜡烛

也应该"蜡炬成灰泪始干"

即使我们只是一根火柴

也要在关键时刻有一次闪耀

即使我们死后尸骨都腐烂了

也要变成磷火在荒野中燃烧

八

作为一个微不足道的人

天文学数字中的一粒微尘

即使生命像露水一样短暂

即使是恒河岸边的细沙

也能反映出比本身更大的光

我也曾经用嘶哑的喉咙歌唱

在不自由的岁月里我歌唱自由

我是被压迫的民族，我歌唱解放

读书笔记

在这个茫茫的世界上

我曾经为被凌辱的人们歌唱

我曾经为受欺压的人们歌唱

我歌唱抗争，我歌唱革命

在黑夜把希望寄托给黎明

在胜利的欢欣中歌唱太阳

我是大火中的一点火星

趁生命之火没有熄灭

我投入火的队伍、光的队伍

把"一"和"无数"融合在一起

进行为真理而斗争

和在斗争中前进的人民一同前进

我永远歌颂光明

① 光明是属于人民的

未来是属于人民的

任何财富都是人民的

和光在一起前进

和光在一起胜利

胜利是属于人民的

和人民在一起所向无敌

九

我们的祖先是光荣的

他们为我们开辟了道路

沿途留下了深深的足迹

每个足迹里都有血迹

现在我们正开始新的长征

这个长征不只是二万五千里的路程

我们要逾越的也不只是十万大山

❶反复 ⋯⋯⋯⋯⋯⋯

　　诗人对未来充满了希望，他相信人民的力量，相信所有的一切都会属于人民，赞扬了人民力量的伟大。

🖋 **读书笔记**

我们要攀登的也不只是千里岷山

我们要夺取的也不只是金沙江、大渡河

我们要抢渡的是更多更险的渡口

我们在攀登中将要遇到更大的风雪、更多的冰川……

但是光在召唤我们前进

光在鼓舞我们、激励我们

光给我们送来了新时代的黎明

我们的人民从四面八方高歌猛进

让信心和勇敢伴随着我们

武装我们的是最美好的理想

我们是和最先进的阶级在一起

我们的心胸燃烧着希望

我们前进的道路铺满阳光

❶排比

连续三个"让我们——"表现了诗人怀着无比兴奋的心情发出心灵的呐喊，对祖国的现实与未来进行了热情的描绘。

① 让我们的每个日子
　　都像飞轮似的旋转起来
让我们的生命发出最大的能量
让我们像从地核里释放出来似的
　　　极大的撑开光的翅膀
　　　在无限广阔的宇宙中飞翔

让我们以最高的速度飞翔吧

让我们以大无畏的精神飞翔吧

让我们从今天出发飞向明天

让我们把每个日子都当作新的起点

或许有一天，总有一天

我们这个古老的民族

我们最勇敢的阶级

将接受光的邀请

去叩开那些紧闭的大门

访问我们所有的芳邻

让我们从地球出发

飞向太阳……

一九七八年八月——十二月

精华赏析

《光的赞歌》篇幅比较宏大，气势磅礴，感情深沉而激烈。它以高屋建瓴之势，把时间和空间的无比宽阔展现在读者面前，丰富而富有哲理性的诗句，在这宽阔的领域中熠熠生辉。

延伸思考

1.这首诗写于1978年，诗人为什么要在这个时候集中全力写这样一首诗呢？

2.这首诗在艺术表现上有什么特点？

3.《光的赞歌》在思想上有什么深刻之处？

相关链接

读了这首诗，你知道光是什么了吗？光是能量的一种传播方式。光源之所以能发出光，是因为光源中原子、分子的运动以及物质内部带电粒子加速运动时产生了光辐射。光的传播不需要任何介质，是沿直线传播的。光是能够被人类眼睛看见的一种电磁波，也称可见光谱。

酒

名师导读

　　艾青在《酒》一诗中，对酒的个性进行了精确的描绘。读了这首诗，就像真喝了酒一样，使人感到一种甘醇，痛快淋漓。

❶比拟……………
　　酒是人们看得见摸得着的一种物质。诗人用这简单的三行诗，一下子使读者明确地把握住了酒的存在形态。

读书笔记

──────

──────

──────

①她是可爱的
具有火的性格
水的外形

她是欢乐的精灵
哪儿有喜庆
就有她光临

她真是会逗
能让你说真话
掏出你的心

她会使你
忘掉痛苦

───────────────

注释

精灵：鬼怪。

喜气盈盈

喝吧，为了胜利
喝吧，为了友谊
喝吧，为了爱情

① 你可要当心
在你高兴的时候
她会偷走你的理性

不要以为她是水
能扑灭你的烦忧
她是倒在火上的油

会使聪明的更聪明
会使愚蠢的更愚蠢

● 读书笔记

❶比拟
　　这里写酒的
作用，从而进一
步刻画酒的性格。
诗人写酒具有双
重性格，它既能
帮助人，也能坑
害人。

精华赏析

这首诗清新明快。诗人采用拟人的手法，描写了酒的存在形态以及酒的作用，写出酒具有双重性格。

延伸思考

1. 酒以什么形态而存在？
2. 酒有什么作用？
3. 这首诗采用了什么修辞手法？

相关链接

　　读了《酒》这首诗，现在再来介绍一下酒。酒的化学成分是乙醇，通常含有微量的杂醇和酯类物质。食用白酒的酒精浓度通常在 60 度（即 60%）以下（少数有 60 度以上），医用酒精是用白酒经分馏提纯至 75% 以上而来的，提纯到 99.5% 以上是无水乙醇。酒是怎样酿造的呢？是以粮食为原料经发酵酿造而成的。我国是世界上最早酿酒的国家，酿酒技术早在 2 000 年前就发明了。

镜 子

名师导读

　　镜子是我们很熟悉的一种物品。下面这首《镜子》是一首咏物的哲理小诗，我们阅读时可以感受到一种跃动着的清晰的理性思辨力，里面融入了诗人艾青对人生的深刻体验。一起来欣赏吧！

仅只是一个平面
却又是深不可测

它最爱真实
决不隐瞒缺点

它忠于寻找它的人
谁都从它发现自己

或是醉后酡颜
或是鬓如霜雪

① 有人喜欢它
因为自己美

❶对比

　　有人美丽，从而喜欢它；有人却因为自己的丑陋躲避着它，甚至恼羞成怒，"恨不得把它打碎"。世界很复杂，或许镜子太天真，但它却认真并且一丝不苟地照出人生的美丑。

225

读书笔记

有人躲避它
因为它直率

甚至会有人
恨不得把它打碎

精华赏析

　　《镜子》是一首咏物的哲理小诗，读了这首诗，我们不能不对诗人深邃敏锐的洞察力感到由衷钦佩。诗人透过意象表层看到本质，而且将意象提升到人类认知的普遍高度，使理性获得了超越。

延伸思考

1. 这首诗主要采用了什么手法？有什么作用？
2. 为什么说这首诗是一首咏物的哲理小诗？
3. 诗人借镜子表达了什么？

相关链接

　　读了这首诗，我们知道镜子是一种表面光滑，具有反射光线能力的物品。平时生活中最常见的镜子是平面镜，通常被人们用来整理仪容。在科学上，镜子则经常用于望远镜、雷射、工业器械等仪器上。镜子分为平面镜和曲面镜两大类，曲面镜又分为凹面镜和凸面镜，主要用于衣妆镜、家具配件、建筑装饰件、光学仪器部件和太阳灶、车灯跟探照灯的反射镜、反射望远镜、汽车后视镜等。

海水和泪

名师导读

海水与泪水有什么联系呢？下面这首诗描述了海水与泪的联系，我们一起去诗中寻找答案吧！

海水是咸的
泪也是咸的

是海水变成泪？
是泪流成海水？

亿万年的泪
汇聚成海水

终有一天
海水和泪都是甜的

精华赏析

海水和泪本是两个毫无关联的物质，但是在这首诗中，诗人从海水和泪的共同点出发，将它们联系在一起。从物象提升到理性，有一个深刻的内涵。

延伸思考

1. 海水和泪有什么共同点?

2. 这首诗有什么深刻的内涵?

3. 你怎样理解"终有一天/海水和泪都是甜的"?

相关链接

读了这首诗,下面我们来了解一下海水。地球总表面积的70.8％是海洋,海洋平均深度约3 800米。已发现海水中含有80多种化学元素,总盐量大约为3.5％。海水中大约有3 570万吨的矿物质,现在世界上已知的100多种元素中,80%能够在海水中找到。

盼　望

名师导读

　　一首好诗，能给人以启迪、遐想，通常读者读完后意会到的要比诗人字面上写出的还多。艾青的《盼望》就是这样一首好诗。

①一个海员说，
他最喜欢的是起锚所激起的那
一片洁白的浪花……
一个海员说，
最使他高兴的是抛锚所发出的
那一阵铁链的喧哗……

一个盼望出发
一个盼望到达

一九七九年三月　上海

❶象征

　　诗人描述了海员在"起锚"和"抛锚"时的喜悦心情以及他们的两种"盼望"，引起读者思考。

精华赏析

　　这首诗新颖、简洁、意蕴深刻，诗人并没有描写航海的一系列动作，而只截取起锚和抛锚两个瞬间。盼望出发，盼望到达，是海员执着的理想。人生何尝不是这样"到达"又"出发",不断地追求理想与目标呢?这首诗也赞扬了新中国海员乐观、豪迈的性格和敢于斗争、追求胜利的英雄气概。

延伸思考

1.海员们为什么"盼望出发",又为什么"盼望到达"?

2.《盼望》一诗给我们什么深刻启示?

3.这首诗赞扬了海员什么样的品质?

相关链接

这首诗中描写了海员的两种盼望,赞扬了海员敢于斗争、乐观向上的精神。现在我们来了解一下海员这个职业。海员是一种特殊的职业,他们驾驶航船,漂洋过海,受到国际公约的保护。海员这个职业具有技术性,驾驶与管理船舶需要具备专业知识。海事、渔政、海监、科考船员、商船船员、引航员统称为海员。

墙

名师导读

1979年，艾青访问东德，期间写下了这首《墙》，一起来欣赏。

一堵墙，像一把刀
把一个城市切成两片
一半在东方
一半在西方

墙有多高？
有多厚？
有多长？
再高、再厚、再长
也不可能比中国的长城
更高、更厚、更长
它也只是历史的陈迹
民族的创伤
谁也不喜欢这样的墙
①三米高算得了什么
五十厘米厚算得了什么
四十五千米长算得了什么
再高一千倍

❶反复

"算得了什
么"意思是"不
算什么"，就是
"再高一千倍／
再厚一千倍／再
长一千倍"也不
能阻挡某种力量。

📝 读书笔记

再厚一千倍
再长一千倍
又怎能阻挡
天上的云彩、风、雨和阳光?

又怎能阻挡
飞鸟的翅膀和夜莺的歌唱?

又怎能阻挡
流动的水和空气?

❶反问、排比……
　　结尾写出了诗人心中所要表达的思想，突出了人的思想、意志、愿望是再厚的墙也不能阻挡的。

① 又怎能阻挡
千百万人的
比风更自由的思想?
比土地更深厚的意志?
比时间更漫长的愿望?

一九七九年五月二十二日　　波恩

精华赏析

　　这首诗的特点是思想自由奔放。诗人写墙的阻挡，但是却阻挡不了人民智慧的力量，寓意深刻，内涵丰富。连续的反问使诗句在激昂、高亢中结束，使读者陷入其中并深入思考。

1.这首诗用了什么修辞手法?

2.诗人写"墙"有何用意?

3.谈谈你对这首诗的理解。

这首诗写了墙的阻挡,从诗的内容来看诗人是不喜欢它这一点的。墙是用砖石等物质砌成的承架房顶或隔开内外的建筑物。墙是建筑物竖直方向的主要构件,它具有分隔、围护和承重等作用,还具有隔热、保温、隔声等功能。

慕尼黑

名师导读

　　你知道德国的慕尼黑吗？它是德国的经济、文化、科技和交通中心之一，德国第三大城市。慕尼黑经过第一次世界大战的摧残，后来又进行了战后重建。下面这首诗写到了这一点。

慕尼黑
像巴伐利亚啤酒店的主妇
身体健康而有风韵
谁见到她都要钟情

读书笔记

但是
慕尼黑的名声不好
大家都在咒骂她
把她看作灾祸的象征

因为她
曾经和一个纵火犯鬼混
那是个十足的流氓
比魔鬼还要恶三分

还有一个带伞的英国人
还有一个窄额头的法国人
三个人一边喝啤酒
一边把邻居出卖了

接着是整个欧罗巴
升起了熊熊大火
连慕尼黑她自己
也卷到大火里面

慕尼黑
是从瓦砾堆里爬出来的
眼睛里流着眼泪
嘴里念念有词
她能埋怨谁呢

花了整整三十五年
才医治了战争的创伤
但她已失去了青春

^①如今
巴伐利亚的啤酒
依然招引了四面八方的客人
第二代的慕尼黑
比母亲更美丽，也更殷勤

❶对比
　展现了战争
与和平两种不同
状态下的城市。

注释

欧罗巴：希腊神话中的人物。欧罗巴本是腓尼基公主，之后成为
　　　宙斯的妻子，并以她的名字命名其所在的大陆，即现在的
　　　欧洲。

读书笔记

但愿她不再和魔鬼交朋友
把门户看得紧
接受母亲的教训
生活得更聪明……

一九七九年五月三十日
在慕尼黑市政府的宴会之后

精华赏析

这首诗采用了拟人的修辞手法，把慕尼黑写成了一位女性，写到了"她"的战后状态，以及后来对"她"的重建。诗人始终以温婉柔和的笔触，描写了慕尼黑的变化。表现了战争对城市和人民造成的严重伤害，体现了诗人倡导和平的愿望。

延伸思考

1.诗人采用了什么修辞手法？
2.这首诗始终是以第几人称来写的？
3.战后的慕尼黑是什么样子的？

相关链接

慕尼黑，德国巴伐利亚州的首府。慕尼黑又称明兴，总面积约310平方千米，分老城和新城两部分，是德国南部第一大城市，德国第三大城市，仅次于柏林与汉堡。

维也纳的鸽子

名师导读

鸽子被世人公认为世界和平的象征。艾青的这首《维也纳的鸽子》，借鸽子表达了自己心中期待和平的愿望。

① 早晨，所有的鸽子
都高兴的鼓动着翅膀

维也纳是鸽子的城
在高高的钟楼上
在古老建筑物的窗檐上
在灰色城堡的岗楼上
在十七世纪的教堂——
　　皇家的陵墓上
到处都有鸽子鼓动着翅膀……

维也纳的鸽子
从来不怕人
在公园的菩提树下面
在林间小道上
在喷水池边
在旅游者走过的地方

❶意象
　　写出了维也纳的鸽子充满激情与活力。

🖋读书笔记

❶意象

　　诗人细致入微地描写了维也纳的鸽子，从它们身上看到了自信、镇定、安详。

❷比喻

　　表达了诗人借鸽子诉说和平的愿望。

① 维也纳的鸽子
自由自在的迈着步子
毫不惊慌
维也纳的鸽子
显得多么镇定
显得漠不关心
好像没有听见过枪声
也没有看见过火灾
永远那么安详

维也纳的鸽是健忘的
它们也曾被打散
逃亡到别的地方
然后又回来
在劫后的废墟上寻找食粮
看着维也纳的鸽子
　　踌躇满志的模样
的确给人以梦
给人以幻想

维也纳的鸽正飞到
　　施特劳斯雕像的提琴上
平静的合上了翅膀

② 维也纳的鸽子
是我们这时代的天平上的
　　一颗小小的砝码
维系着千百万人对于和平的愿望

精华赏析

这首诗，诗人细致入微地描写了鸽子：鸽子的神态，鸽子的自信、镇定、安详。诗人写"鸽子"实质想表达和平，传达人们期待和平的愿望。

延伸思考

1. 诗人笔下早晨的鸽子是什么状态？

2. 诗人对鸽子进行了细节描写，表现在哪里？

3. 诗人写这首诗的用意是什么？

相关链接

诗人写了我们生活中一种常见的鸟——鸽子。鸽子是一种善于飞行的鸟，种类很多，羽毛的颜色也多。它们主要吃谷类，在世界各地都有广泛饲养。鸽是鸽形目鸠鸽科数百种鸟类的统称，分野鸽与家鸽两类。野鸽主要有岩栖与树栖两类。经过长期培育和筛选的家鸽，分食用鸽、玩赏鸽、竞翔鸽、军用鸽和实验鸽等多种。

盆　景

　　1979年，艾青参加作家访问团访问南方。在广州参观花圃的时候，他看到了盆景，于是诗人的心灵一下子受到触动，写下了《盆景》一诗。

好像都是古代的遗物

这儿的植物成了矿物

主干是青铜，枝桠是铁丝

连叶子也是铜绿的颜色

在古色古香的庭院

冬不受寒，夏不受热

用紫檀和红木的架子

更显示它们地位的突出

❶议论

读了这些深沉而有力的诗句，读者很自然地想起了那个动乱的年代。

① 其实它们都是不幸的产物

早已失去了自己的本色

在各式各样的花盆里

受尽了压制和委屈

生长的每个过程

都有铁丝的缠绕和刀剪的折磨

任人摆布，不能自由伸展

一部分发育，一部分萎缩

以不平衡为标准

残缺不全的典型

① 像一个个佝偻的老人

夸耀的就是怪相畸形

有的挺出了腹部

有的露出了块根

留下几条弯曲的细枝

芝麻大的叶子表示还有青春

像一群饱经战火的伤兵

支撑着一个个残废的生命

但是，所有的花木

都要有自己的天地

根须吸收土壤的营养

枝叶承受雨露和阳光

自由伸展发育正常

在天空下心情舒畅

接受大自然的爱抚

散发出各自的芬芳

如今却一切都颠倒

少的变老、老的变小

为了满足人的好奇

标榜养花人的技巧

柔可绕指而加以歪曲

草木无言而横加斧刀

或许这也是一种艺术

却写尽了对自由的讥嘲

一九七九年二月二十三日　广州参观盆景展览

❶比喻 •••••••••••

诗人对盆景进行了形象的描绘，这些盆景可以说是对那个动乱年代进行揭露的一个缩影。

🖋 读书笔记

精华赏析

这首诗从头到尾都在写盆景，但是却无处不在写人。通过盆景，诗人联想到那个动乱年代对人性的践踏、对灵魂的扭曲。诗人从这新颖的角度出发，让心中积压很久的控诉和愤怒爆发出来，通过写盆景的生存状态，贴切而深刻地抒发了自己的思绪。

延伸思考

1.诗人是怎样描写盆景的样子的？
2.这首诗运用了哪些修辞手法？
3.读了这首诗，你有何感想？

相关链接

读了《盆景》这首诗，现在我们来了解一下盆景吧。盆景源于中国，通常有树桩盆景与山水盆景两大类。盆景包括三个要素：景、盆、几（架），它们之间是相互联系、相互影响的统一整体。人们把盆景誉为"立体的画"与"无声的诗"。

古罗马的大斗技场

名师导读

你知道古罗马的大斗技场吗？它是用来做什么的呢？一起去诗中找答案吧！

也许你曾经看见过
这样的场面——
① 在一个圆的小瓦罐里
两只蟋蟀在相斗，
双方都鼓动着翅膀
发出一阵阵金属的声响，
张牙舞爪扑向对方
又是扭打、又是冲撞，
经过了持久的较量，
总是有一只更强的
撕断另一只的腿
咬破肚子——直到死亡。

古罗马的大斗技场
也就是这个模样，
大家都可以想象
那一幅壮烈的风光。

❶场景描写

诗人生动地描述了两只蟋蟀的打斗场景，最后写到胜利的蟋蟀把输的蟋蟀打死，将这种残忍的场景展现在读者面前。

❶环境描写..........

　　诗人描述了古罗马的位置，写出了古罗马斗技场非常大。

✎ 读书笔记

① 古罗马是有名的"七山之城"
在帕拉丁山的东面
在锡利山的北面
在埃斯摖林山的南面
那一片盆地的中间
有一座——可能是
全世界最大的斗技场，
它像圆形的古城堡
远远看去是四层的楼房，
每层都有几十个高大的门窗
里面的圆周是石砌的看台
可以容纳十多万人来观赏。

想当年举行斗技的日子
也许是一个喜庆的日子，
这儿比赶庙会还要热闹
古罗马的人穿上节日的盛装
从四面八方都朝向这儿
真是人山人海——全城欢腾
好像庆祝在亚洲和非洲打了胜仗
其实只是来看一场残酷的悲剧
从别人的痛苦激起自己的欢畅。

号声一响
死神上场

当角斗士的都是奴隶

―――――――――――――――

注释

角斗士：又译"剑斗士"。古代罗马迫使战俘成为专门从事剑斗的一种奴隶。在庆祝节日或战争胜利时，在大剧场举行角斗表演。

挑选的一个个身强力壮，
他们都是战败国的俘虏
早已妻离子散、家破人亡，
^① 如今被押送到斗技场上
等于执行用不着宣布的死刑
面临着任人宰割的结局
像畜棚里的牲口一样；

相搏斗的彼此无冤无仇
却安排了同一的命运，
都要用无辜的手
去杀死无辜的人；
明知自己必然要死
却把希望寄托在刀尖上；

有时也要和猛兽搏斗
猛兽——不论吃饱了的
还是饥饿的都是可怕的——
它所渴求的是温热的鲜血，
奴隶到这里即使有勇气
也只能是来源于绝望，
因为这儿所需要的不是智慧
而是必须压倒对方的力量；

看那些"打手"多么神气！
他们是角斗场雇用的工役
一个个长的牛头马面
手拿铁棍和皮鞭
（起先还戴着面具
后来连面具也不要了）
他们驱赶着角斗士去厮杀

❶比喻··················
　　把斗技场的
奴隶比喻为"畜
棚里的牲口"，
道出了奴隶的命
运是任人宰割。

🖊读书笔记
_____
_____
_____
_____

✒️ 读书笔记

进行着死亡前的挣扎；
最可怜的是那些蒙面的角斗士
（不知道是哪个游手好闲的
想出如此残忍的坏点子！）
参加角斗的互相看不见
双方都乱挥着短剑寻找敌人
无论进攻和防御都是盲目的——
盲目的死亡、盲目的胜利。

一场角斗结束了
① 那些"打手"进场
用长钩子钩曳出尸体
和那些血淋淋的肉块
把被戮将死的曳到一旁
拿走武器和其他的什物，
奄奄一息的就把他杀死；
然后用水冲刷污血
使它不留一点痕迹——
这些"打手"受命于人
不直接去杀人
却比刽子手更阴沉。

❶场景描写
　　诗人用沉重
的诗句表现了一
场角斗结束后，
那些"打手"的
工作，为读者展
现了残忍不堪的
画面。

再看那一层层的看台上
多少万人都在欢欣若狂
那儿是等级森严、层次分明
按照权力大小坐在不同的位置上，
王家贵族一个个悠闲自得
旁边都有陪臣在阿谀奉承；
那些宫妃打扮得花枝招展
与其说她们是来看角斗
不如说到这儿展览自己的青春

好像是天上的星斗光照人间；
①有"赫赫战功"的，生活在
奴隶用双手建造的宫殿里
奸淫战败国的妇女；
他们的餐具都沾着血
他们赞赏血腥的气味；

能看人和兽搏斗的
多少都具有兽性——
从流血的游戏中得到快感
从死亡的挣扎中引起笑声，
别人越痛苦，他们越高兴；
（你没有听见那笑声吗？）
最可恨的是那些
用别人的灾难进行投机
从血泊中捞取利润的人，
他们的财富和罪恶一同增长；

②斗技场的奴隶越紧张
看台上的人群越兴奋；
厮杀的叫喊越响
越能爆发狂暴的笑声；
看台上是金银首饰在闪光
斗场上是刀叉匕首在闪光；
两者之间相距并不远
却有一堵不能逾越的墙。

这就是古罗马的斗技场
它延续了多少个世纪
谁知道有多少奴隶
在这个圆池里丧生。

❶细节描写⋯⋯⋯
　　诗人描述了有"赫赫战功"的贵族的生活，他们用战争杀戮来建构自己的骄奢生活，突出了他们的残忍。

❷对比⋯⋯⋯⋯
　　突出了奴隶与贵族之间的差别。

247

❶疑问……

　　诗人写到这里，心中的满腔悲愤无处可诉，只有向"神"和"天"发出疑问：为什么这样不公平？为什么会出现这种状况？

① 神呀，宙斯呀，丘比特呀，耶和华呀
一切所谓"万能的主"呀，都在哪里？
为什么对人间的不幸无动于衷？
风呀，雨呀，雷霆呀，
为什么对罪恶能宽容？

奴隶依然是奴隶
谁在主宰着人间？
谁是这场游戏的主谋？
时间越久，看得越清：
经营斗技场的都是奴隶主
不论是老泰尔克维尼乌斯
还是苏拉、凯撒、奥大维……
都是奴隶主中的奴隶主——
嗜血的猛兽、残暴的君王！

"不要做奴隶！
要做自由人！"
一人号召
万人响应
为了改变自己的命运
就要捣毁万恶的斗技场；
把那些拿别人生命作赌的人
　　钉死在耻辱柱上！

奴隶的领袖
只有从奴隶中产生；
共同的命运
产生共同的思想；
共同的意志
汇成伟大的力量。

✒ 读书笔记

一次又一次的举起义旗
斗争的才能因失败而增长
① 愤怒的队伍像地中海的巨浪
淹没了宫殿，掀翻了凯旋门
冲垮了斗技场，浩浩荡荡
觉醒了的人们誓用鲜血灌溉大地
建造起一个自由劳动的天堂！

如今，古罗马的大斗技场
已成了历史的遗物，像战后的废墟
沉浸在落日的余晖里，像碉堡
不得不引起我疑问和沉思：
② 它究竟是光荣的纪念，
还是耻辱的标志？
它是夸耀古罗马的豪华，
还是记录野蛮的统治？
它是为了博得廉价的同情，
还是谋求遥远的叹息？

时间太久了
连大理石也要哭泣；
时间太久了
连凯旋门也要低头；
奴隶社会最残忍的一幕已经过去
不义的杀戮已消失在历史的烟雾里
但它却在人类的良心上留下可耻的记忆
而且向我们披示一条真理：
血债迟早都要用血来偿还；
以别人的生命作为赌注的
就不可能得到光彩的下场。

❶比喻

被压迫的奴隶们终于拿起武器，"像地中海的巨浪"，"淹没了宫殿，掀翻了凯旋门／冲垮了斗技场"，写出了这种势不可当的斗争力量。

❷对比、疑问

回顾这历史的遗物，不仅诗人陷入疑问与沉思之中，同时也把读者带入其中。

读书笔记

说起来多少有些荒唐——
在当今的世界上
依然有人保留了奴隶主的思想，
他们把全人类都看作奴役的对象
整个地球是一个最大的斗技场。

一九七九年七月　北京

精华赏析

　　诗人一开始便以一个斗蟋蟀场景引入这首诗的主题——古罗马大斗技场。诗中展现了大斗技场凶狠残忍的场景，通过场景对比表现了奴隶主与奴隶之间的天壤之别。奴隶主以别人的痛苦为快乐，最终觉醒的奴隶们团结起来打败了奴隶主。这首诗也告诉了我们哪里有压迫，哪里就有反抗，人民的力量是伟大的。

延伸思考

　　1.古罗马斗技场是什么样子的？

　　2.古罗马斗技场是用来干什么的？

　　3.斗技场激烈残酷的场面表现了什么？诗中多个对比描写有何作用？

相关链接

　　读了这首诗，我们了解了古罗马大斗技场是干什么用的，下面介绍一下古罗马。古罗马是指公元前9世纪，在意大利半岛中部兴起的文明，经历罗马王政时代。公元前510年，罗马成立了共和国，随后征服了意大利半岛。从公元前3世纪到前2世纪，为争夺地中海霸权，掠夺资源与奴隶，罗马同地中海西部强国迦太基进行了三次战争，历史上称"布匿战争"。

关于眼睛（两首）

名师导读

　　1979 年 9 月 4 日早晨，诗人写下了《关于眼睛》。此时的艾青，已经是年过花甲的老人，丰富的生活经验使他思考问题富有哲理性，写下不少哲理诗，《关于眼睛》就是这些诗中不朽的一篇。

你说眼睛是灵魂的窗子
我说眼睛是灵魂的镜子

你说世界上最美的是眼睛
我说最可怕的也是眼睛

有那么一双眼睛
在没有灯光的夜晚
你和它挨得那么近
突然向你闪光
又突然熄灭了
你一直都记着那一瞬

有那么一双眼睛
深得像一口古井
四周有水草丛生

读书笔记

你只向井里看了一眼

经过多少年

你还记得那古井

有那么一双眼睛

又大又澄碧

蓝天一样纯洁

月光一样宁静

你没有勇气看它

因为你不敢承担

它对你的信任

又一章

灵魂的窗子

秘密的锁孔

从它那儿

可以窥探内心

①说谎的眼睛

渴望的眼睛

哀求的眼睛

宽恕的眼睛

爱情的眼睛

梦似的飘忽不定

有时诉说衷情

有时夹着怨恨

❶排比
　　通过眼睛，我们看到了人生五光十色的形态；通过眼睛，诗人对人生进行了哲理性思考。

欣喜若狂

无限悲伤

都通过眼睛

仇恨在胸中燃烧
眼睛里冒出火星

面对茫茫大海
热切的期待归帆

忍受着熬煎的
是望穿秋水的眼睛

最宁静的时刻
一片落叶
睫毛——窗帘的震动
一次心跳

你从绝望中
滴下泪水
洗涤你的心
沉浸于安静

生命的黄昏来临
然后你把窗户闭紧

一九七九年九月四日早晨

精华赏析

这首诗，诗人始终围绕"眼睛"来写，通过写眼睛来写人，对人生进行哲理性思考，写人生五光十色的心态。《关于眼睛》中闪烁着哲理的光辉，能打动读者，令读者深思。

延伸思考

1. 诗人紧紧抓住什么来描写？
2. 诗人描写了什么样的眼睛？
3. 这首诗有什么哲理性？

相关链接

这首诗写了眼睛，眼睛是一个能够感知光线的器官。最简单的眼睛结构能够探测周围环境的明暗，比较复杂的眼睛结构能够提供视觉。人的眼睛接近球形，位于眼眶内。眼球包括眼球壁、眼内腔和内容物、神经、血管等组织。

阅读总结

名家心得

我们都知道一个时代自有一个时代的诗歌。作为现实主义大师的艾青，拥有"太阳与火把的歌手"的美誉。

他的诗歌艺术体现在立足于现实并且高于社会，起于现实但终于理智，他的诗作大多都印刻着深深的时代烙印。艾青的成名作《大堰河——我的保姆》，全诗多处运用意象，表现某些事物、景色，给人以情景交融的感觉。《向太阳》《火把》《春》也都运用了意象。采用丰富多彩的意象，表现丰富深刻的思想内容，抒发深沉忧郁的感情，使抒情形象更加丰满生动，这是艾青早期诗歌的艺术特色。

艾青的诗是古体诗的内涵与现代诗的外衣最完美的结合，它通常能将"大我"的豁达、"小我"的卑微刻画得淋漓尽致。他的诗往往流淌着一种"蓝色的忧郁"。这本书收集了艾青众多不同时期的作品，希望我们用心去读每一首诗，你会有不同的体会与感触。

读者感悟

读了这本书，我深深地喜爱上了艾青，喜爱上了他的诗。

我爱艾青的诗，是因为艾青博大的胸怀。艾青的诗凝聚并形成了一种接近大自然的气象与氛围。艾青的生命跟诗作始终生长在一个悲壮而动荡的时代，同民族的忧患和欢欣血肉相连。他的诗体现了一个诗人在困苦面前行吟的生命激情，他将人类美好的智慧和精神不断繁衍。

我爱艾青的诗，因为他的诗流淌着一种"蓝色的忧郁"。"假如我是一只鸟，我也应该用嘶哑的喉咙歌唱：这被暴风雨所打击着的土地……为什么我的眼里常含泪水？因为我对这土地爱得深沉……"这些诗体现了诗人博大的"大我"情怀，这种情怀也是对祖国、人民和光明的爱的体现。

我爱艾青的诗，他的诗充满语言的张力。艾青的诗常常前半部分或是平铺直叙，或是澎湃激昂，但通常在诗的最后采取直抒胸臆的手法使整首诗达到高潮，然后在高潮中谢幕。这种言已尽而意未绝之感，使诗余音袅袅，真有一种不同寻常的美！

阅读拓展

国外著名的文学大师

姓名：约翰·多恩

国籍：英国

简介：约翰·多恩(1572—1631)，诗人。约翰·多恩是玄学派诗歌的创始人与主要代表人物，他的作品启迪了包括乔治·赫伯特、安德鲁·马维尔等一大批杰出诗人在内的所谓"玄学诗派"。作品有爱情诗、讽刺诗、格言诗、宗教诗和布道文等。诗歌特点：节奏有力，语言生动，想象奇特而大胆，常常使用莎士比亚式的机智的隐喻，他的诗集《歌与短歌》十分明显地体现了这些特点。

姓名：沃尔特·惠特曼

国籍：美国

简介：沃尔特·惠特曼（1819—1892），美国诗人、散文家、新闻工作者以及人文主义者。他生活于超现实主义与现实主义之间的变革时期，因此其著作兼具了二者的文风。惠特曼被称为美国文坛中最伟大的诗人之一，享有"自由诗之父"的美誉。在当代，他的诗作实具争议性，特别是他的著名诗集《草叶集》。

真题演练

1. 艾青是 _____ 省人。

2. 艾青的成名作是《   》。

3. 艾青被称为 "_____"。

4. 艾青的诗歌特色是（   ）。

A. 时代   B. 浪漫   C. 唯美

5. 读了这本书，你有哪些收获？

_____

_____

答案

1. 浙江

2. 大堰河——我的保姆

3. 一生追求光明的作家

4.A

5. 读了这本书，我了解了艾青的诗的艺术特色，我从内心敬佩艾青。他是一个忧心民族、人民，在困苦面前行吟生命激情、追求光明的"启明星"。

爱阅读课程化丛书 / 快乐读书吧

外国经典文学馆

序号	作品	序号	作品	序号	作品
1	七色花	31	格列佛游记	61	好兵帅克历险记
2	愿望的实现	32	我是猫	62	吹牛大王历险记
3	格林童话	33	父与子	63	哈克贝利·费恩历险记
4	安徒生童话	34	地球的故事	64	苦儿流浪记
5	伊索寓言	35	森林报	65	青 鸟
6	克雷洛夫寓言	36	骑鹅旅行记	66	柳林风声
7	拉封丹寓言	37	老人与海	67	百万英镑
8	十万个为什么（伊林版）	38	八十天环游地球	68	马克·吐温短篇小说选
9	希腊神话	39	西顿动物故事集	69	欧·亨利短篇小说选
10	世界经典神话与传说	40	假如给我三天光明	70	莫泊桑短篇小说选
11	非洲民间故事	41	在人间	71	培根随笔
12	欧洲民间故事	42	我的大学	72	唐·吉诃德
13	一千零一夜	43	草原上的小木屋	73	哈姆莱特
14	列那狐的故事	44	福尔摩斯探案集	74	双城记
15	爱的教育	45	绿山墙的安妮	75	大卫·科波菲尔
16	童 年	46	格兰特船长的儿女	76	母 亲
17	汤姆·索亚历险记	47	汤姆叔叔的小屋	77	茶花女
18	鲁滨逊漂流记	48	少年维特之烦恼	78	雾都孤儿
19	尼尔斯骑鹅旅行记	49	小王子	79	世界上下五千年
20	爱丽丝漫游奇境记	50	小鹿斑比	80	神秘岛
21	海底两万里	51	彼得·潘	81	金银岛
22	猎人笔记	52	最后一课	82	野性的呼唤
23	昆虫记	53	365夜故事	83	狼孩传奇
24	寂静的春天	54	天方夜谭	84	人类群星闪耀时
25	钢铁是怎样炼成的	55	绿野仙踪	85	动物素描
26	名人传	56	王尔德童话	86	人类的故事
27	简·爱	57	捣蛋鬼日记	87	新月集
28	契诃夫短篇小说选	58	巨人的花园	88	飞鸟集
29	居里夫人传	59	木偶奇遇记	89	海的女儿
30	泰戈尔诗选	60	王子与贫儿		陆续出版中……

中国古典文学馆

序号	作品	序号	作品	序号	作品
1	红楼梦	12	镜花缘	23	中华上下五千年
2	水浒传	13	儒林外史	24	二十四节气故事
3	三国演义	14	世说新语	25	中国历史人物故事
4	西游记	15	聊斋志异	26	苏东坡传
5	中国古代寓言故事	16	唐诗三百首	27	史 记
6	中国古代神话故事	17	小学生必背古诗词70+80首	28	中国通史

7	中国民间故事	18	初中生必背古诗文	29	资治通鉴
8	中国民俗故事	19	论 语	30	孙子兵法
9	中国历史故事	20	庄 子	31	三十六计
10	中国传统节日故事	21	孟 子	**陆续出版中……**	
11	山海经	22	成语故事		

中国现当代文学馆					
序号	作品	序号	作品	序号	作品
1	一只想飞的猫	36	高士其童话故事精选	71	大奖章
2	小狗的小房子	37	雷锋的故事	72	半半的半个童话
3	"歪脑袋"木头桩	38	中外名人故事	73	会走路的大树
4	神笔马良	39	科学家的故事	74	秃秃大王
5	小鲤鱼跳龙门	40	数学家的故事	75	罗文应的故事
6	稻草人	41	从文自传	76	小溪流的歌
7	中国的十万个为什么	42	小贝流浪记	77	南南和胡子伯伯
8	人类起源的演化过程	43	谈美书简	78	寒假的一天
9	看看我们的地球	44	女 神	79	古代英雄的石像
10	灰尘的旅行	45	陶奇的暑期日记	80	东郭先生和狼
11	小英雄雨来	46	长 河	81	红鬼脸壳
12	朝花夕拾	47	丁丁的一次奇怪旅行	82	赤色小子
13	骆驼祥子	48	小仆人	83	阿 Q 正传
14	湘行散记	49	旅 伴	84	故 乡
15	给青年的十二封信	50	王子和渔夫的故事	85	孔乙己
16	艾青诗选集	51	新同学	86	故事新编
17	狐狸打猎人	52	野葡萄	87	狂人日记
18	大林和小林	53	会唱歌的画像	88	彷 徨
19	宝葫芦的秘密	54	鸟孩儿	89	野 草
20	朝花夕拾·呐喊	55	云中奇梦	90	祝 福
21	小布头奇遇记	56	中华名言警句	91	北京的春节
22	"下次开船"港	57	中国古今寓言	92	济南的冬天
23	呼兰河传	58	雷锋日记	93	草 原
24	子 夜	59	革命烈士诗抄	94	母 鸡
25	茶 馆	60	小坡的生日	95	猫
26	城南旧事	61	汉字故事	96	匆 匆
27	鲁迅杂文集	62	中华智慧故事	97	落花生
28	边 城	63	严文井童话故事精选	98	少年中国说
29	小桔灯	64	仰望第一面五星红旗升起	99	可爱的中国
30	寄小读者	65	徐志摩诗歌	100	经典常谈
31	繁星·春水	66	徐志摩散文集	101	谁是最可爱的人
32	爷爷的爷爷哪里来	67	四世同堂	102	祖父的园子
33	细菌世界历险记	68	怪老头	**陆续出版中……**	
34	荷塘月色	69	从百草园到三味书屋		
35	中国兔子德国草	70	背 影